Las tres hermanas
El huerto de los cerezos

Literatura

Antón Chéjov

Las tres hermanas
El huerto de los cerezos

Traducción y nota preliminar
de Juan López-Morillas

El libro de bolsillo
Literatura
Alianza Editorial

TÍTULO ORIGINAL: *Tri sestry - Vishnyovyi sad*

Primera edición en «El libro de bolsillo»: 1991
Primera reimpresión: 1997
Primera edición en «Área de conocimiento: Literatura»: 2001
Tercera reimpresión: 2011

Diseño de cubierta: Alianza Editorial
Ilustración: Ilya Repin, *Sentados en la orilla*, 1876

Calle Juan Ignacio Luca de Tena, 15;
28027 Madrid; teléfono 91 393 88 88
www.alianzaeditorial.es
ISBN: 978-84-206-7218-2
Depósito legal: M. 31.682-2011
Impreso en Fernández Ciudad, S. L.
Printed in Spain

Nota preliminar

Hoy día, habituados como estamos a ver representadas con general beneplácito las principales obras dramáticas de Antón Pavlovich Chéjov (1860-1904), nos sorprende que cuando se estrenaron fueran casi todas ellas recibidas con perplejidad por los espectadores y con incomprensión por la mayoría de los críticos teatrales. La perplejidad de los espectadores no era de extrañar: las obras que de ordinario se ponían en los escenarios rusos de la época -farsas, cuadros festivos, dramas sentimentales- no se parecían a las que Chéjov venía a ofrecerles. La incomprensión de los críticos resultaba más difícil de explicar. Los más eruditos entre ellos, enterados de las aportaciones de dramaturgos recientes como Ibsen, Hauptmann, Maeterlinck, Strindberg, o de los experimentos revolucionarios de André Antoine en su *Théâtre Libre* de París, abogaban por un teatro que fuera visión lírica del hombre y su entorno o, mejor aún, fiel reflejo de la vida cotidiana -la tan cacareada *tranche de vie,* o «rebanada de vida»-, un teatro que ventilara problemas comunes a la condición humana, en suma, que hiciera pensar al espectador, incitarle a la reflexión, y no sólo entretenerle o divertirle. De los revisteros menos avisados sólo cabía decir que era preciso aguantarlos aunque fuera sólo porque siempre los había habido. Su influencia era, sin duda, perjudicial, pues con sus juicios frívolos o comentarios desdeñosos podían predisponer desfavorablemente a un público ya de suyo poco aficionado a las innovaciones.

La perplejidad de unos y la incomprensión de otros quedaron patentes con motivo de la representación de la primera obra de Chéjov en cuatro actos que se puso en escena: *Ivanov* (1887). En este caso no sólo no la entendieron a derechas espectadores y críticos, sino ni siquiera los actores, lo que trajo como consecuencia que Chéjov, no muy de su grado, tuviera que alterar el texto para tratar de satisfacer a unos y otros. Algo semejante ocurrió con la obra siguiente en cuatro actos, *La gaviota* (1896), cuyo fracaso en el teatro Aleksandrinski, de Petersburgo, fue tan rotundo que Chéjov huyó al día siguiente del estreno para curar su lastimado amor propio en Moscú. Cierto es que meses después, con ayuda de la excelente puesta en escena de K. S. Stanislavski, la obra fue recibida con clamoroso éxito en el Teatro de Arte recientemente fundado en esta última ciudad. Mejor suerte corrió *Tío Vanya* (1899), pero si bien no faltaron los comentarios halagüeños por parte de críticos entendidos y espectadores de buena voluntad, la recepción general de la obra dejó bastante que desear. Con razón se ha dicho que ninguna obra de Chéjov tuvo buena suerte en la primera temporada de su representación; siempre hubo que esperar a la segunda para obtener la favorable acogida que merecía.

Mejor fortuna corrió *Las tres hermanas,* estrenada en el Teatro de Arte de Moscú el 31 de enero de 1901. Es la obra más larga y, para algunos, la más plenamente lograda de Chéjov. Sin embargo, también hubo al principio división de pareceres en críticos y público con respecto a su intención y significado. En general se encomiaban los méritos artísticos de la obra, pero al subrayar su talante pesimista y sombrío, los críticos de ideología progresista la tachaban de anacrónica, de presentar unos personajes y un ambiente propios de la década anterior y ya claramente superados. Chéjov, según ese género de crítica, había dado un paso atrás y no estaba a tono con las actitudes y exigencias del mundo rigurosamente contemporáneo. Otros críticos menos atentos a la función social y política del arte alababan la prieta estructura artística de la obra, pero sostenían que no constituía nada nuevo con respecto a *La gaviota* y *Tío Vanya*, lo que parecía delatar que la capacidad inventiva de Chéjov había dado de sí cuanto podía dar y ya no cabía esperar de él muchas novedades. En mínima medida estos críticos tenían razón: *Las tres hermanas* incorpora lo que su autor había aprendido en la composición de sus obras teatrales anteriores. Pero, por otra parte, ello era natural y aun deseable. Lo propio cabría decir de su evolución como cuentista.

Hubo otro género de comentario, común a críticos y espectadores de aquella época y aun de la nuestra. En casi ninguna de las obras teatrales de Chéjov hallamos lo que pudiera llamarse «aventura» o «peripecia». Si se nos preguntase «qué pasa» en cualquiera de ellas nos veríamos en un aprieto. En realidad, al personaje chejoviano le «pasan muchas cosas», pero en la obra «no pasa casi nada». Al personaje, sí, le pasan muchas cosas, pero esas cosas son angustias, penas, esperanzas, ilusiones frustradas que, vistas desde fuera, se nos antojan meros achaques de la vida común y corriente, la carga impuesta al ser humano por el hecho de serlo. Ahora bien, ello no quita para que, como sucede en la vida real, tales achaques afecten hondamente a los personajes y a veces alteren de raíz el curso de sus vidas. Pero en la obra, vista en conjunto, apenas ocurre nada pasmoso o sensacional. Y en una época en que los lances y percances de esa índole eran habituales en escena, la ausencia de ellos en las obras de Chéjov no podía menos de causar sorpresa y decepción. Ello dio curso a la opinión, errónea aunque muchas veces reiterada, de que las obras teatrales de Chéjov eran aburridas, incoloras, monótonas, con abundancia de «psicología» y escasez de «argumento».

Las tres hermanas tiene como núcleo la vida infausta de tres hermanas huérfanas –Másha, Ólga e Irína– en una ciudad rusa de provincia en la que está de guarnición una brigada de artillería. La presencia de los militares es el único estímulo vital en esta ciudad amodorrada. Sin ellos, todo sería languidez, desgana, tedio, y los paisanos no tendrían más diversiones que el juego, la embriaguez, la intriga amorosa, la chismorrería. Y es en este ambiente inerte y apático, que desvirtúa cualquier anhelo de una vida más plena, más humana, donde se ven atrapadas las tres hermanas. Su única esperanza, que acaba también por malograrse, es la de huir de allí e instalarse en Moscú, donde vivieron años atrás, un Moscú que la nostalgia ha convertido en tierra de promisión.

Raras veces ha desarrollado Chéjov a un personaje tan plenamente como al que en esta obra viene a encarnar el espíritu de la destrucción: Natásha, cuñada de las «tres hermanas», quien, retraída y pusilánime antes de su matrimonio con Andréi, se va adueñando poco a poco de la casa y sus ocupantes y acaba por imponerse despóticamente a ellos. Su voraz codicia hace de ella una bestia carnívora y su corrupción moral la lleva al adulterio. Uno de los rasgos trágico-irónicos de la obra es que las hermanas no se percatan –o no quieren percatarse– de que el causante real de la ruina de sus esperanzas es su hermano Andréi, marido de esa mujer.

El huerto de los cerezos, última de las obras teatrales de Chéjov, supuso para éste mayores tropiezos y desvelos que cualquiera de las anteriores. Su concepción se remonta a 1901, poco después del estreno de *Las tres hermanas,* pero su composición no empezó hasta 1903. Durante bastante tiempo Chéjov no sólo no «veía» con precisión a algunos de los personajes, volviendo una y otra vez sobre ellos para mejor enfocarlos, sino que no estaba seguro de cuál en definitiva sería la índole de la pieza. Tampoco sabía si la repartiría en tres o cuatro actos. Insistía en que sería una «comedia alegre», casi una farsa, pero si tal era su intención al idearla y escribirla, no fue ésa la manera en que los actores la entendieron. Chéjov, que asistió puntualmente a los ensayos en el Teatro de Arte de Moscú, se esforzaba por enderezar, sin conseguirlo, lo que juzgaba torcida interpretación por parte de los actores. Y cuando la obra se estrenó por fin el 17 de enero de 1904, su decepción llegó al colmo. Los actores no incorporaban a los personajes como era debido, por lo que su actuación resultaba, como el mismo autor diría, «débil y confusa». En carta a su esposa, la famosa actriz Ólga Knipper, que hacía el papel de Lyubóv Andreyévna Renévskaya, Chéjov decía: «¿Por qué en los carteles y los anuncios de los periódicos se insiste en llamar "drama" a mi obra? Nemirovich y Stanislavski [fundadores del Teatro de Arte, y este último director de la obra y actor en ella] no ven en mi obra absolutamente nada de lo que yo escribí, y estoy dispuesto a jurar que no la han leído con cuidado ni una sola vez».

Pese a las quejas de Chéjov de que Stanislavski, empeñado en dar a su obra un matiz «lacrimógeno», viciaba su sentido de modo radical, *El huerto de los cerezos* fue recibida con aprobación por un público hondamente conmovido ante lo que había visto en escena. Como diría más adelante una historiadora del Teatro de Arte de Moscú: «Esta vez los espectadores podían llorar sin sentir culpa alguna: [la obra], tal como estaba dirigida por Stanislavski, era un toque de difuntos por un mundo que acababa de expirar». Pero no faltó la crítica desfavorable que censuraba en la obra precisamente ese tono melancólico que le inyectaba Stanislavski, no obstante las objeciones del autor. Volvía a insinuarse que quizá Chéjov, nada en consonancia con su tiempo, se condolía de que hubiera desaparecido ese género de gente hidalga, entregada a la holganza, los recuerdos inútiles y las esperanzas baldías. Volvía a sugerirse que Chéjov no estaba a la altura de su época, que la «nueva manera» de escribir para el teatro que, según él, representaba *El huerto...* no era tal, sino mera repetición de propósitos y técnicas inactuales. Así pues esa crítica echaba la culpa a Chéjov de aquello de que el verdadero culpable era Stanislavski. Y las polémicas sobre el auténtico sentido de la obra y sobre cómo debía llevarse a escena continuaron largo tiempo después de la muerte de Chéjov, ocurrida breves meses después.

Lo que la obra sin duda ventila es el conflicto entre un pasado que representa un orden de cosas en trance de extinción (Renévskaya, Gáyev), un presente que se apresura a desplazarlo (Lopáhin) y un futuro que, de momento al menos, no es más que ilusión o impreciso apetito de cambio (Trofímov).

* * *

La edición utilizada es la de las obras completas de Chéjov, *Sobranie sochinenii,* Moskva, Hudoyhestvennaya Literatura, 1963.

Juan LÓPEZ-MORILLAS

Las tres hermanas

Drama en cuatro actos

Personajes

PRÓZOROV, Andréi Sergéyevich (Andryúsha).

NATÁLYA IVÁNOVNA (NATÁSHA), su prometida, más tarde esposa.

ÓLGA (Ólga Sergéyevna, Ólya, Ólyushka) }
MÁSHA (Márya Sergéyevna, Máshenka) } hermanas de Andréi
IRÍNA (Irína Sergéyevna, Irínushka) }

KULÝGIN, Fyódor Ilyích (Fyéda), profesor de instituto, marido de Másha.

VERSHÍNIN, Aleksándr Ignátyevich, teniente coronel, al mando de una batería de artillería.

TÚZENBACH, barón Nikolái Lvóvich.

SOLYÓNY, Vasíli Vasílyevich, capitán.

CHEBUTÝKIN, Iván Románovich, médico militar.

FEDÓTIK, Alekséi Petróvich, subteniente.

RODÉ, Vladímir Kárlovich, subteniente.

FERAPÓNT, guarda del Consejo de Distrito, anciano.

ANFÍSA, antigua nodriza de los Prózorov, anciana de ochenta años.

(La acción tiene lugar en una ciuadad de provincia.)

Acto primero

En casa de los Prózorov. *Sala con columnas, tras las cuales se ve un salón de baile. Mediodía. Fuera, el sol brilla alegremente. En el salón de baile están poniendo la mesa para el almuerzo.* Ólga, *en el uniforme azul marino de una profesora de instituto para señoritas, corrige sin descanso los cuadernos de sus alumnas, de pie, quieta, o bien paseándose mientras lo hace;* Másha, *vestida de negro, está sentada con su sombrero en las rodillas y lee un librito.* Irína, *vestida de blanco, está de pie, abstraída.*

Ólga

Hace justamente un año que murió papá, en este mismo día, cinco de mayo..., el día de tu santo, Irína. Recuerdo que hacía mucho frío y estaba nevando. Yo creí entonces que no podría sobrevivir aquel trance; y tú te habías desmayado y estabas como muerta. Pero ha pasado un año y nos es fácil recordarlo. Tú ya vas vestida de blanco y tienes el rostro radiante. *(Un reloj da las doce.)* Y también dieron las doce entonces. *(Pausa.)* Recuerdo que cuando llevaban a papá al cementerio iba tocando una banda militar y se hicieron las salvas de ordenanza. Aunque era general, al mando de una brigada, asistió muy poca gente al funeral. Claro, estaba lloviendo a cántaros..., lloviendo y nevando.

IRÍNA
¿A qué viene recordarlo?

(Tras las columnas, en el salón de baile, aparecen junto a la mesa TÚZENBACH, CHEBUTÝKIN *y* SOLYÓNY.)

ÓLGA
Hoy el aire es tan tibio que podemos tener las ventanas abiertas de par en par. Pero todavía no se ve un solo brote en los abedules. Hace once años que a papá lo ascendieron a general de brigada, y fue entonces cuando salimos con él de Moscú. Recuerdo perfectamente que a principios de mayo todo estaba en flor en Moscú, la temperatura era una delicia y el sol lo bañaba todo. Once años hace ya, pero recuerdo nuestra partida de Moscú como si fuera ayer. ¡Dios mío! Al despertar esta mañana y ver este sol por todas partes, este sol de primavera, creí desmayarme de gozo. ¡Sentí tantas ganas de volver a nuestra casa de Moscú!

CHEBUTÝKIN
¡Qué demonio! ¡Nada de eso!

TÚZENBACH
Claro que es una tontería.

(MÁSHA, *absorta en la lectura de su libro, silba por lo bajo una canción.)*

ÓLGA
No silbes, Másha. ¿Cómo puedes hacer tal cosa? *(Breve pausa.)* Supongo que este dolor de cabeza que no se me

quita será de pasar todo el santo día en el instituto y dar lecciones particulares hasta el anochecer. Y se diría que mis pensamientos son los de una vieja. A decir verdad, desde que hará cuatro años empecé a trabajar en el instituto tengo la sensación de que voy perdiendo la juventud y las fuerzas día tras día y gota a gota. Sólo tengo una ilusión, y esa ilusión es cada día más fuerte...

IRÍNA
Ir a Moscú. Vender la casa, acabar con todo lo de aquí... y a Moscú...

ÓLGA
Sí, y a Moscú cuanto antes.

(CHEBUTÝKIN y TÚZENBACH *ríen.)*

IRÍNA
Supongo que nuestro hermano llegará pronto a profesor. De todos modos no importa, porque no querrá vivir aquí. La única complicación será la pobre Másha.

ÓLGA
Másha puede venir a Moscú todos los años y pasar allí el verano.

(MÁSHA *silba levemente una canción.)*

IRÍNA
Si Dios quiere, todo se arreglará. *(Mira por la ventana.)* ¡Qué hermoso está el día! ¡No sé por qué tengo el corazón tan alegre! Esta mañana me acordé de que era el día de mi santo, y de pronto me sentí feliz. Me acordé de cuando éramos niñas y mamá vivía todavía. ¡Y qué ideas tan risueñas me pasaron por la cabeza! ¡Qué ideas!

ÓLGA

Hoy estás radiante y guapísima de veras. Y Másha también está muy guapa. Andréi también podría ser guapo, pero se ha puesto muy grueso, cosa que no le va bien. Yo, por el contrario, he envejecido y adelgazado, supongo que por los berrinches que me dan las chicas del instituto. Hoy, que estoy libre y me quedo en casa, no me duele la cabeza. Me siento más joven que ayer. Porque, al fin y al cabo, sólo tengo veintiocho años... Supongo que las cosas, tal como Dios las ordena, están como deben estar, pero yo creo que si me casara y me estuviera todo el día en mi casa, lo pasaría mejor. *(Pausa.)* Le tendría mucho cariño a mi marido.

TÚZENBACH *(A* SOLYÓNY.*)*

La verdad es que dice usted tales sandeces que se cansa uno de escucharle. *(Entra en la sala.)* Se me olvidó decirles que Vershínin, nuestro nuevo comandante de artillería, vendrá hoy a visitarlas. *(Se sienta al piano.)*

ÓLGA

¿Ah, sí? Me alegro mucho de saberlo.

IRÍNA

¿Es viejo?

TÚZENBACH

No, en absoluto. A lo más tendrá cuarenta o cuarenta y cinco. *(Toca suavemente.)* Por lo visto es buen sujeto. Tonto sin duda no lo es. Lo que pasa es que habla mucho.

IRÍNA

¿Es persona interesante?

TÚZENBACH

No está mal; sólo que tiene esposa, suegra y dos niñas pequeñas. Además, éste es su segundo matrimonio. A dondequiera que va de visita dice que tiene esposa y dos hijas. Aquí también lo dirá. Su mujer parece algo chiflada. Lleva una larga trenza de colegiala, habla de modo rimbombante, filosofa y de vez en cuando intenta suicidarse, con el propósito evidente de fastidiar al marido. Yo que él la hubiera dejado hace tiempo, pero él aguanta y se contenta con quejarse.

SOLYÓNY *(Entrando del salón de baile en compañía de* CHEBUTÝKIN.*)*
Con una mano sólo puedo levantar cincuenta libras, pero con las dos puedo levantar tres veces y media o hasta cuatro veces más. De eso deduzco que dos hombres no son el doble de fuertes que uno, sino el triple, o quizá más...

CHEBUTÝKIN *(Leyendo el periódico mientras entra.)*
Para la caída del cabello... dos onzas de naftalina en media botella de alcohol..., disuélvase y úsese a diario... *(Lo apunta en un cuaderno.)* ¡Tomemos nota! *(A* SOLYÓNY.*)* Pues sí, como le estaba diciendo, se tapa la botella con un corcho y se atraviesa el corcho con un tubito de cristal... Luego se toma una pulgarada de alumbre del más corriente...

IRÍNA
¡Iván Románych, mi querido Iván Románych!

CHEBUTÝKIN
¿Qué hay, niña mía, luz de mi vida?

IRÍNA
Dígame: ¿por qué estoy tan feliz hoy? Es como si viajara en un barco de vela y viera sobre mí un ancho cielo azul y en él grandes pájaros blancos. ¿Por qué me siento así? ¿Por qué?

CHEBUTÝKIN *(Besándole ambas manos con ternura.)*
¡Ah, mi pajarita blanca!...

IRÍNA
Cuando me desperté esta mañana y me levanté y me lavé me pareció de pronto que todo es claro en este mundo y que ahora sé cómo debiera vivir. Ahora lo sé todo, mi querido Iván Románovich. El hombre, quienquiera que sea, debe ocuparse en algo, trabajar con el sudor de su frente. En eso y sólo en eso consisten el sentido y objeto de su vida, de su felicidad, de sus entusiasmos. ¡Qué admirable ser un obrero que se levanta con la luz del alba y pica piedras al borde de un camino! ¡O ser pastor! ¡O ser maestro que enseña a los niños! ¡O maquinista de un tren!... ¡Dios mío! Aparte de lo humano, más vale ser buey o simple caballo y trabajar, que no ese tipo de mujer joven que se despierta a mediodía, toma el café en la cama, y pasa luego dos horas vistiéndose. ¡Eso es horrible! Por lo mismo que apetece una bebida fría cuando se tiene calor, a mí me pasa igual: quiero trabajar. Y si en adelante no me levanto temprano y me pongo a trabajar, retíreme su amistad, Iván Románovich.

CHEBUTÝKIN *(Con ternura.)*
Lo haré, sí que lo haré...

ÓLGA
Papá nos enseñó a levantarnos a las siete. Por eso Irína se despierta a las siete, pero se queda en la cama hasta las nueve, pensando en algo. ¡Y con una cara más seria!... *(Ríe.)*

IRÍNA
A ti te parece raro que esté seria porque te figuras que todavía soy una niña. ¡Pero tengo veinte años!

TÚZENBACH

¡Este ansia de trabajar... Dios santo, qué bien la comprendo! Yo no he trabajado en mi vida. Nací en Petersburgo, que es una ciudad fría y holgazana, en una familia que nunca conoció el trabajo ni las preocupaciones de ninguna clase. Recuerdo que cuando volvía de la academia militar, un criado me quitaba las botas. En aquel entonces yo era caprichoso, mi madre me adoraba y se asombraba de que otros no hicieran lo mismo. Me protegían contra el trabajo; ahora bien, dudo que lo consiguieran por completo, lo dudo mucho. Ha llegado un momento en que se nos viene encima una tormenta, una enorme tempestad, que está ya cerca y que pronto barrerá de esta sociedad la vagancia, la indiferencia, el prejuicio contra el trabajo, y este aburrimiento que todo lo corroe. Yo trabajaré, y dentro de veinticinco o treinta años no habrá hombre o mujer que no trabaje. ¡Trabajarán todos!

CHEBUTÝKIN

Yo no trabajaré.

TÚZENBACH

Usted no cuenta.

SOLYÓNY

Dentro de veinticinco años, gracias a Dios, estará usted en el otro mundo. Dentro de dos o tres años se muere usted de una apoplejía... O bien, amigo mío, yo cojo una rabieta y le meto a usted una bala en la frente. *(Saca del bolsillo un frasco de perfume y se rocía el pecho y las manos.)*

CHEBUTÝKIN *(Riéndose.)*

Sí, es verdad. Nunca he hecho nada. Desde que salí de la universidad no he dado golpe. No he leído un solo libro; nada más que periódicos... *(Saca del bolsillo otro periódi-*

co.) Por ejemplo, aquí... Me entero por el periódico de que hubo alguien que se llamó Dobrolyúbov, pero no tengo la menor idea de lo que escribió... Sabe Dios qué habrá sido... *(Se oye un golpe en el suelo que alguien da desde abajo.)* Ya ven... Me llaman de abajo; alguien que ha venido a verme... Vuelvo en seguida... Esperen un momento... *(Sale deprisa, alisándose la barba.)*

IRÍNA
Algo que se trae entre manos.

TÚZENBACH
Sí. Ha salido con cara solemne. De seguro que le va a traer un regalo.

IRÍNA
¡Qué desagradable es eso!

ÓLGA
Sí, es horrible. Siempre está haciendo tonterías.

MÁSHA *(Se levanta y canta en voz baja.)*
«Hay un verde roble en la curva orilla
y una cadena de oro cuelga de él...
y una cadena de oro cuelga de él...»

ÓLGA
Hoy estás triste, Másha. (MÁSHA, *cantando, se pone el sombrero.)* ¿A dónde vas?

MÁSHA
A casa.

IRÍNA
Pues sí que es raro...

TÚZENBACH
¡Pero cómo! ¿Se va usted el día del santo de su hermana?

MÁSHA
¿Qué más da?... Volveré al anochecer. Adiós, guapa... *(Besa a* IRÍNA.) Una vez más te deseo mil felicidades. En otros años, cuando vivía papá, venían siempre treinta o cuarenta oficiales los días de nuestro santo. ¡Qué jaleo que armaban! Pero hoy no hay más que un hombre y medio; y esto, a juzgar por el silencio, parece una tumba... Me voy... Hoy estoy deprimida, triste, conque no me hagas caso. *(Ríe a través de las lágrimas.)* Ya hablaremos más tarde, pero adiós por ahora, querida. Daré una vuelta por ahí...

IRÍNA *(Descontenta.)*
La verdad es que eres...

ÓLGA *(Con lágrimas en la voz.)*
Yo sí te comprendo, Másha.

SOLYÓNY
Si un hombre se pone a filosofar se dirá que lo que hace es filosofística o simplemente sofística; pero si una mujer o dos mujeres se ponen a filosofar, se dirá que lo que hacen es..., a ver, ¿qué se dirá que hacen?

MÁSHA
¿Qué quiere usted decir con eso, hombre horrible y desvergonzado?

SOLYÓNY
Nada.
«¡Antes de poder darse cuenta de aquello
ya le tiene el oso agarrado por el cuello!» *(Pausa.)*

MÁSHA *(Irritada, a* ÓLGA.)
¡Déjate de lloriqueo!

(Entran ANFÍSA *y* FERAPÓNT, *éste con una tarta grande.)*

ANFÍSA
Por aquí, muchacho. Entra, que tienes los pies limpios. *(A* IRÍNA.) Esto lo manda Mihaíl Iványch Protopópov, del Consejo de Distrito... Una tarta.

IRÍNA
Gracias. Dile que le estoy agradecida. *(Toma la tarta.)*

FERAPÓNT
¿Qué?

IRÍNA *(Más fuerte.)*
¡Que le estoy agradecida!

ÓLGA
Nyánya, dale un trozo de tarta. Anda, Ferapónt, que te van a dar tarta.

FERAPÓNT
¿Qué?

ANFÍSA
Hala, ven conmigo, Ferapónt Spiridónych. Vamos...

(Sale con FERAPÓNT.)

MÁSHA
No me gusta ese Protopópov, Mihaíl Potápych o Iványch, o como se llame. No se le debe invitar a que venga aquí.

IRÍNA
Yo no le he invitado.

MÁSHA
Y has hecho muy bien.

(Entra CHEBUTÝKIN *seguido de un soldado con un samovar de plata. Son recibidos con murmullos de sorpresa y descontento.)*

ÓLGA *(Cubriéndose la cara con las manos.)*
¡Un samovar! ¡Esto es atroz! *(Pasa al salón y se queda de pie junto a la mesa.)*

IRÍNA
Pero, mi querido Iván Románych, ¿qué hace usted?

TÚZENBACH *(Riendo.)*
Ya lo dije yo.

MÁSHA
Iván Románych, vergüenza debiera darle...

CHEBUTÝKIN
Niñas queridas, preciosas mías, ustedes son todo lo que tengo, todo lo que más estimo en este mundo. Pronto voy a cumplir sesenta años, soy un viejo, un viejo solitario e insignificante... Lo único bueno que me queda es este cariño que os tengo, y de no ser por vosotras me habría muerto hace mucho tiempo. *(A* IRÍNA.*)* Niña querida, preciosa, la conozco a usted desde el día que nació..., la llevé en mis brazos..., quise mucho a su difunta madre...

IRÍNA
¿Pero por qué estos regalos tan caros?

CHEBUTÝKIN *(Con voz lastimera e irritado.)*
Regalos caros... ¡Pues no faltaba más! *(Al asistente.)* Pon el samovar ahí. *(Parodiando a* IRÍNA.) Regalos caros...

(El asistente lleva el samovar al salón de baile.)

ANFÍSA *(Pasando por la sala.)*
¡Queridas, acaba de llegar un coronel a quien no conozco! Ya se ha quitado el abrigo, niñas, y viene aquí arriba. Irínushka, ahora debes portarte como Dios manda y estar amable y respetuosa con él... *(Sale.)* Y ya también es hora de que almorcemos... ¡Dios santo!...

TÚZENBACH
Será Vershínin. *(Entra* VERSHÍNIN.) ¡El teniente coronel Vershínin!

VERSHÍNIN *(A* MÁSHA *e* IRÍNA.)
Permítanme el honor de presentarme: Vershínin. Me alegro mucho, muchísimo, de venir aquí por fin. ¡Cómo han cambiado ustedes! ¡Vaya, vaya!

IRÍNA
Tome asiento, por favor. También nosotras nos alegramos mucho de verle.

VERSHÍNIN *(Alegremente.)*
¡Cuánto me alegro! ¡Cuánto me alegro!... Pero eran ustedes tres hermanas. Lo recuerdo: tres niñas. No recuerdo las caras, pero lo que sí recuerdo es que el padre de ustedes, el coronel Prózorov, tenía tres niñas pequeñas. Lo recuerdo perfectamente, y las vi con mis propios ojos. ¡Cómo pasa el tiempo! ¡Ay, cómo pasa el tiempo!

TÚZENBACH
Aleksándr Ignátyevich viene de Moscú.

IRÍNA
¿De Moscú? ¿Viene usted de Moscú?

VERSHÍNIN
Sí, de allí vengo. El padre de ustedes, que en paz descanse, mandaba allí una batería, y yo era entonces oficial en la misma brigada. *(A* MÁSHA.) La cara de usted sí me parece recordarla un poco.

MÁSHA
Yo a usted no le recuerdo en absoluto.

IRÍNA
¡Ólya! ¡Ólya! *(Llama a gritos al salón.)* ¡Ólya, ven acá! (ÓLGA *entra del salón de baile a la sala.)* Parece que el teniente coronel Vershínin viene de Moscú.

VERSHÍNIN
Usted, por lo tanto, será Ólga Sergéyevna, la mayor... Usted Márya... Y usted Irína, la menor...

ÓLGA
¿Viene usted de Moscú?

VERSHÍNIN
Sí. Estudié en Moscú y allí ingresé en el servicio. He estado allí bastante tiempo, y por último he recibido el mando de una batería aquí. Conque aquí me tienen, como pueden ver. A decir verdad, no las recuerdo a ustedes; sólo recuerdo que eran ustedes tres hermanas. A su padre lo tengo bien fijo en la memoria. Me basta con cerrar los ojos para verle ahí mismo, como si estuviera vivo. Yo solía visitarles a ustedes en Moscú...

ÓLGA
Yo creía que recordaba a todo el mundo, y de pronto...

VERSHÍNIN
Me llamo Aleksándr Ignátyevich...

IRÍNA
Aleksándr Ignátyevich, y viene usted de Moscú... ¡Qué casualidad!

ÓLGA
Pues nosotras ahora nos vamos a vivir allí.

IRÍNA
Creemos que ya estaremos allí para el otoño. Es nuestra patria chica, allí nacimos... En la calle Stáraya Basmánnaya.

(Las dos ríen de gozo.)

MÁSHA
Y de repente vemos a un paisano. *(Con viveza.)* ¡Ahora caigo! ¿Recuerdas, Ólya, que en casa nos hablaban del «comandante enamorado»? Usted era entonces teniente y estaba enamorado de alguien, y todos le tomaban el pelo llamándole, no sé por qué, comandante...

VERSHÍNIN *(Riendo.)*
Sí, así fue... El comandante enamorado; así me llamaban...

MÁSHA
Entonces sólo tenía usted bigote... ¡Oh, parece usted ahora más viejo! *(Llorosa.)* ¡Mucho más viejo!

VERSHÍNIN
Sí. Era todavía joven cuando me llamaban el comandante enamorado. Y estaba enamorado. Ahora ya no es lo mismo.

ÓLGA

Pero no tiene usted todavía una sola cana. Está más viejo, pero no es usted todavía viejo.

VERSHÍNIN

Sin embargo, tengo ya cuarenta y tres años. ¿Hace mucho que vinieron de Moscú?

IRÍNA

Once años. Pero, Másha, so tonta, ¿por qué lloras?... *(Con voz llorosa.)* Me vas a hacer llorar a mí también...

MÁSHA

No es nada. ¿Y en qué calle vivía usted?

VERSHÍNIN

En Stáraya Basmánnaya.

ÓLGA

Y nosotras también...

VERSHÍNIN

Estuve viviendo algún tiempo en la calle Nemétskaya. De la calle Nemétskaya solía ir a pie al cuartel Krásny, y cruzaba un puente lúgubre bajo el cual retumbaba el agua. Cuando uno está solo, una cosa así le pone triste. *(Pausa.)* ¡Y aquí qué río tan ancho y caudaloso tienen ustedes! ¡Un río maravilloso!

ÓLGA

Sí, pero hace frío. Hace frío y hay un sinfín de mosquitos.

VERSHÍNIN

¡No me diga! Yo hubiera dicho que es un clima ruso, bueno y saludable. Bosque, río... y hay también abedules. Abedules simpáticos y modestos, que me gustan más que los otros árboles. La vida aquí da gusto. Lo único raro es que la estación del ferrocarril está a veinte verstas de la ciudad... Y nadie sabe por qué.

SOLYÓNY

Yo sí lo sé. *(Todos le miran.)* Porque si estuviese cerca no estaría lejos, y si está lejos, quiere decirse que no está cerca.

(Silencio embarazoso.)

TÚZENBACH

Es usted un guasón, Vasíli Vasílych.

ÓLGA

Ahora sí le recuerdo a usted. Ahora sí que le recuerdo.

VERSHÍNIN

Yo conocí a la mamá de ustedes.

CHEBUTÝKIN

Era una mujer muy buena. Dios la tenga en su santa gloria.

IRÍNA

Mamá está enterrada en Moscú.

ÓLGA

En el cementerio de Nóvo-Dévicni...

MÁSHA

¿Querrán ustedes creer que ya empiezo a olvidarme de su cara? Del mismo modo se olvidarán de nosotros. Sí que se olvidarán.

VERSHÍNIN

Sí. Se olvidarán. Tal es nuestro destino y no tiene remedio. Cuando pase tiempo, todo lo que hoy nos parece serio, importante, significativo se olvidará o parecerá insignificante. *(Pausa.)* Y es interesante pensar que en este instante no tenemos la menor idea de lo que entonces parecerá noble o importante y de lo que parecerá mezquino o ridículo. Al principio parecían un tanto innecesarios y ridículos los descubrimientos de Copérnico o, pongamos por caso, los de Colón, mientras que cualquier sandez escrita por un imbécil era mirada como verdad inconcusa. Y bien puede ocurrir que nuestra vida de ahora, con la que estamos reconciliados, parecerá en el futuro extraña, incómoda, estúpida y nada limpia, por cierto; hasta pecaminosa quizá...

TÚZENBACH
¿Quién sabe? Quizá digan que nuestra vida es noble y se acuerden de ella con respeto. Hoy ya no se da tormento, no hay ejecuciones públicas ni invasiones, pero, con todo y con eso, ¡cuánto sufrimiento hay en el mundo!

SOLYÓNY *(Con voz atiplada.)*
Pío, pío, pío... No le dé usted papilla al barón, sino una filosofía en que hinque el diente.

TÚZENBACH
Vasíli Vasílych, le ruego que me deje en paz... *(Va a sentarse en otro sitio.)* Esto ya me fastidia.

SOLYÓNY *(De nuevo con voz atiplada.)*
Pío, pío, pío...

TÚZENBACH *(A* VERSHÍNIN.*)*
Los sufrimientos que ahora vemos a nuestro alrededor, y son muchos, revelan, no obstante, que nuestra sociedad ha alcanzado un nivel moral más elevado que...

VERSHÍNIN
Sí, sí, por supuesto.

CHEBUTÝKIN
Usted, barón, acaba de decir que nuestra vida será considerada como una gran vida, pero que la gente sigue siendo pequeña... *(Se levanta.)* Mire usted lo pequeño que yo soy. Es evidente que lo que usted intenta es consolarme cuando dice que mi vida es grande.

(Se oye tocar un violín fuera de la escena.)

MÁSHA
El que toca es Andréi, nuestro hermano.

IRÍNA
Es el erudito de la casa. De seguro que llegará a ser profesor. Papá era militar, pero su hijo ha escogido una carrera académica.

MÁSHA
Por deseo de papá.

ÓLGA
Hoy le hemos estado tomando el pelo. Por lo visto está un poquitín enamorado.

IRÍNA
De una señorita de aquí. Es casi seguro que hoy vendrá a visitarnos.

MÁSHA
¡Ay, qué mal viste esa chica! No es sólo que su ropa sea fea y no esté de moda, sino simplemente que da lástima. Lleva una blusa colorada y una falda rara, de un amarillo claro, adornada de una franja chabacana. ¡Y tiene las mejillas como si se las hubieran frotado con piedra pómez! Andréi no está enamorado de ella..., no puedo creerlo, porque al

fin y al cabo tiene buen gusto. Lo que pasa sencillamente es que nos está tomando el pelo, que nos quiere hacer rabiar. Ayer oí decir que la muchacha se casa con Protopópov, el presidente del Consejo del Distrito. Tanto mejor... *(Llama por la puerta lateral.)* ¡Andréi, ven acá! ¡Sólo por un momento, cariño!

(Entra ANDRÉI.)

ÓLGA
Éste es mi hermano, Andréi Sergéich.

VERSHÍNIN
Vershínin.

ANDRÉI
Prózorov. *(Se limpia el sudor de la cara.)* ¿Usted es el nuevo comandante de la batería de aquí?

ÓLGA
¿Querrás creer que Aleksándr Ignátyevich es de Moscú?

ANDRÉI
¡Ah! ¿De veras? Pues le felicito. Ahora mis hermanas no le dejarán en paz.

VERSHÍNIN
Ya me las he arreglado para aburrirlas.

IRÍNA
Mire este pequeño marco de retrato que Andréi me ha dado hoy. Él mismo lo ha hecho.

VERSHÍNIN *(Mirando el marco sin saber qué decir.)*
Sí... está muy bien...

IRÍNA

Y ese otro marco que está encima del piano también lo ha hecho él.

(ANDRÉI *hace con la mano un gesto de impaciencia y trata de irse.)*

ÓLGA

Es el erudito de la familia. Además, toca el violín y sabe hacer toda clase de cosas... En suma, se da maña para todo. ¡Andréi, no te vayas! Tiene la mala costumbre de irse siempre de esa manera. ¡Ven acá!

(MÁSHA *e* IRÍNA *le cogen del brazo y, riendo, le obligan a volver.)*

MÁSHA

¡Ven, hombre, ven!

ANDRÉI

Por favor, dejadme en paz.

MÁSHA

¡Pero qué tonto eres! A Aleksándr Ignátyevich solían llamarle «el comandante enamorado» y él no se enfadaba.

VERSHÍNIN

¡En absoluto!

MÁSHA

¡Yo a ti voy a llamarte «el violinista enamorado»!

IRÍNA

¡O «el profesor enamorado»!...

ÓLGA
¡Está enamorado! ¡Andryúsha está enamorado!

IRÍNA *(Batiendo palmas.)*
¡Bravo, bravo! ¡Bis, bis! ¡Andryúsha está enamorado!

CHEBUTÝKIN *(Se acerca a* ANDRÉI *por detrás y le rodea la cintura con los brazos.)*
«La Naturaleza nos ha traído al mundo sólo para amar...» *(Ríe a carcajadas, siempre con el periódico en la mano.)*

ANDRÉI
Bueno, basta, basta ya... *(Se limpia el sudor de la cara.)* No he pegado ojo en toda la noche y ahora no estoy para bromas. Me quedé leyendo hasta las cuatro y luego me acosté, pero ni por ésas. Pensando en esto, en aquello y en lo de más allá..., y así hasta que amaneció y el sol se coló en mi cuarto. Mientras estoy aquí en el verano quisiera traducir un libro del inglés.

VERSHÍNIN
¿Conque lee usted el inglés?

ANDRÉI
Sí. Mi padre, que santa gloria haya, nos apabullaba a todos con lo que nos hacía aprender. Parecerá ridículo y un poco tonto, pero debo confesar que desde que murió me he puesto gordo, como si mi cuerpo se hubiera librado de una enorme presión. Gracias a mi padre, mis hermanas y yo sabemos francés, alemán e inglés, y mi hermana Irína sabe también italiano. ¡Pero cuánto nos ha costado!

MÁSHA
En una ciudad como ésta, saber tres idiomas es un lujo superfluo. Mejor dicho, ni siquiera es un lujo, sino una espe-

cie de apéndice innecesario, como tener un dedo de más. Sabemos muchas cosas que no sirven para nada.

VERSHÍNIN

¡Caramba! *(Ríe.)* ¿Qué es eso de saber muchas cosas que no sirven para nada? Yo diría que en este mundo no hay ni puede haber un lugar, por aburrido y triste que sea, donde no haga falta gente lista e instruida. Pongamos que entre los cien mil habitantes de esta ciudad, sin duda todos ellos atrasados e incultos, hay sólo tres personas como ustedes. Bien claro está que ustedes tres no podrán triunfar por sí solas sobre la masa de ignorancia que las rodea; que en el curso de su vida tendrán que ir cediendo poco a poco hasta desaparecer en esa multitud de cien mil personas. La vida sencillamente las devorará a ustedes, pero no desaparecerán por completo ni dejarán de influir sobre la multitud. Tras ustedes quizá aparezcan otras seis personas, luego doce y así sucesivamente, hasta que por fin las personas como ustedes sean mayoría. Al cabo de doscientos o trescientos años la vida en este mundo nuestro será inconcebiblemente hermosa, maravillosa. El hombre necesita una vida así, y si de momento no la tiene, debe imaginársela, esperarla, soñar con ella, prepararse para ella; debe ver y saber más de lo que vieron y supieron su padre y su abuelo. *(Ríe.)* ¡Y ustedes se quejan de que saben muchas cosas que no les sirven para nada!

MÁSHA *(Quitándose el sombrero.)*

Me quedo a almorzar.

IRÍNA *(Con un suspiro.)*

La verdad es que alguien debiera haber tomado nota de todo eso...

(ANDRÉI *ha salido sin que nadie lo note.)*

TÚZENBACH

Dice usted que al cabo de muchos años la vida en la Tierra será hermosa, maravillosa. Eso es verdad. Pero para participar ahora de ella, aunque sea desde lejos, es preciso prepararse para ella, trabajar...

VERSHÍNIN *(Levantándose.)*

Sí. ¡Pero cuántas flores tienen ustedes! *(Mirando a su alrededor.)* ¡Y la casa es preciosa! Las envidio a ustedes. Toda la vida me la he pasado mudándome de un piso de mala muerte a otro, con un par de sillas, con un sofá y con estufas que siempre echaban humo. Lo que más he echado de menos en mi vida han sido flores como éstas... *(Se frota las manos.)* En fin, ¿para qué hablar de ello?

TÚZENBACH

Sí, es preciso trabajar. Quizá piense usted que soy un alemán sentimental. Pero, palabra de honor, soy ruso y ni siquiera hablo el alemán. Mi padre pertenecía a la Iglesia Ortodoxa rusa...

(Pausa.)

VERSHÍNIN *(Paseando por la escena.)*

A menudo pienso: ¿qué pasaría si pudiera uno volver a vivir su vida, conscientemente, por supuesto? ¿Si la primera vida que uno ha vivido fuera, por así decirlo, una especie de borrador, y la segunda fuera la copia en limpio? Creo que entonces cada uno de nosotros trataría ante todo de no repetirse. Al menos trataría de crearse una pauta diferente de vida, agenciarse un sitio como éste, con flores y la mar de luz... Tengo mujer y dos hijas pequeñas. Por añadidura, mi mujer es una señora que anda mal de salud, etcétera, etcétera... En fin, si pudiera empezar mi vida de nuevo, no me casaría... ¡No, no!

(Entra KULÝGIN *en uniforme de profesor.)*

KULÝGIN *(Acercándose a* IRÍNA.)
Permíteme felicitarte, querida hermana, en el día de tu santo y desearte sinceramente, de todo corazón, buena salud y todo cuanto se puede desear a una muchacha de tus años. Y, además, ofrecerte como regalo este librito. *(Le da un librito.)* Es una historia de nuestro instituto que cubre cincuenta años, escrita por mí. Una fruslería, escrita para pasar el tiempo, pero léela de todos modos. ¡Buenos días, señoras y señores *(A* VERSHÍNIN.) Kulýgin, profesor en el instituto de aquí. Consejero de Estado. *(A* IRÍNA.) En ese librito encontrarás la lista de todos los alumnos que han completado sus estudios en nuestro instituto durante los últimos cincuenta años. *Feci, quod potui, faciant meliora potentes. (Da un beso a* MÁSHA.)

IRÍNA
¡Pero si ya me diste este mismo librito en la Pascua!

KULÝGIN *(Riendo.)*
¡Imposible! En ese caso, devuélvemelo. O mejor todavía, dáselo al coronel. Tómelo, coronel. Léalo cuando no tenga otra cosa que hacer.

VERSHÍNIN
Muchas gracias. *(Se prepara para irse.)* Me alegro muchísimo de haberlas conocido...

ÓLGA
¿Pero se va usted? ¡No, no!

IRÍNA
Debe usted quedarse a almorzar con nosotras. ¡Quédese, por favor!

ÓLGA
Se lo ruego.

VERSHÍNIN *(Inclinándose.)*
Por lo visto, me he descolgado por aquí en un día de santo. Perdóneme, no lo sabía. No la he felicitado a usted... *(Va al salón de baile con* ÓLGA.)

KULÝGIN
Hoy, señoras y señores, es domingo, día de descanso. Descansemos, pues, y disfrutemos de él, cada uno según su edad y su situación en la vida. Habrá que quitar las alfombras y guardarlas hasta que llegue el invierno... Conservarlas en polvos de Persia o en naftalina... Los romanos gozaban de buena salud porque sabían cómo trabajar y cómo descansar; tenían *mens sana in corpore sano.* Su vida transcurría según formas previstas. El director de nuestro instituto dice que en toda vida humana lo principal es la forma... Lo que pierde su forma, se acaba, y eso también es verdad en nuestra vida diaria. *(Coge a* MÁSHA *de la cintura, riendo.)* Másha me quiere. Mi mujer me quiere. Y las cortinas también habrá que guardarlas junto con las alfombras... Hoy estoy de buen humor, en excelente estado de ánimo. Másha, estamos invitados en casa del director a las cuatro. Se está organizando un paseo para los profesores y sus familias.

MÁSHA
Yo no voy.

KULÝGIN *(Consternado.)*
¿Pero por qué, Másha, querida mía?

MÁSHA
Ya te lo diré más tarde... *(Enojada.)* Bueno, iré; pero ahora, por favor, déjame en paz... *(Sale.)*

KULÝGIN
Luego pasaremos la velada en casa del director. A pesar de su mala salud, ese hombre hace cuanto está de su mano por mostrarse sociable. Es una bellísima persona, inteligentísimo. Un hombre excelente. Ayer, después de la reunión, me dijo: «¡Estoy cansado, Fyódor Ilyích! ¡Estoy cansado!». *(Mira el reloj de pared y luego su reloj de bolsillo.)* Vuestro reloj va siete minutos adelantado. Sí, «estoy cansado»; eso fue lo que dijo.

(Se oye un violín fuera de la escena.)

ÓLGA
Señoras y señores, vengan, por favor, a comer. ¡Hoy tenemos empanada!

KULÝGIN
¡Ay, querida Ólga, querida mía! Ayer estuve trabajando desde la mañana hasta las once de la noche y quedé cansado, pero hoy me siento feliz. *(Va a la mesa del salón de baile.)* Mi querida Ólga...

CHEBUTÝKIN *(Metiéndose el periódico en el bolsillo y alisándose la barba.)*
¿Empanada? ¡Magnífico!

MÁSHA *(Severamente a* CHEBUTÝKIN.*)*
¡Pero, ojo, que hoy no se bebe! ¿Me oye? La bebida le sienta a usted mal.

CHEBUTÝKIN
¡Vamos, mujer, que eso es agua pasada! Ya hace dos años que cogí mi última borrachera. *(Con impaciencia.)* Y además, señora mía, ¿qué más da?

MÁSHA
¡De todos modos, que no le vea a usted beber! Que no le vea, ¿estamos? *(Enfadada, pero cuidando de que no la oiga su marido.)* ¿Conque tenemos que pasar otra maldita velada aburrida en casa del director?

TÚZENBACH
Yo que usted no iría... Es muy sencillo.

CHEBUTÝKIN
No vaya, querida.

MÁSHA
Sí, que no vaya... ¡Maldita sea esta vida! ¡Es inaguantable!... *(Entra en el salón.)*

CHEBUTÝKIN *(Yendo tras ella.)*
¡Bueno, bueno!...

SOLYÓNY *(Pasando al salón.)*
¡Pío, pío, pío!...

TÚZENBACH
¡Basta, Vasíli Vasílych, basta ya!

SOLYÓNY
Pío, pío, pío...

KULÝGIN *(Alegremente.)*
¡A la salud de usted, coronel! Soy maestro de escuela y aquí estoy como en mi propia casa, puesto que soy el marido de Másha... Es una buena mujer, muy buena...

VERSHÍNIN
Voy a probar ese vodka oscuro... *(Bebe.)* ¡A su salud! *(A ÓLGA.)* ¡Lo pasa uno tan bien en casa de usted!

(En la sala quedan sólo IRÍNA *y* TÚZENBACH.)

IRÍNA
Másha no está hoy de muy buen humor. Se casó cuando tenía dieciocho años, cuando su marido le parecía entonces el más listo de los hombres. Ahora no es lo mismo. Es el más bueno, pero no el más listo.

ÓLGA *(Impaciente.)*
Andréi, ¿me haces el favor de venir aquí?

ANDRÉI *(Fuera de la escena.)*
En seguida. *(Entra y se dirige a la mesa.)*

TÚZENBACH
¿En qué piensa usted?

IRÍNA
En nada de particular. No me hace gracia ese Solyóny. Le tengo miedo. No dice más que tonterías...

TÚZENBACH
Es un tipo extraño. A mí me da lástima, a la vez que me irrita, pero lo que más le tengo es lástima. Me parece que es tímido... Cuando está a solas conmigo puede ser bastante inteligente y amable, pero en sociedad es grosero y fanfarrón. No entre usted ahí hasta que estén todos sentados a la mesa. Quédese conmigo un ratito más. ¿En qué está pensando? *(Pausa.)* Tiene usted veinte años y yo todavía no llego a los treinta. Cuántos años nos quedan todavía por delante..., toda una larga, muy larga serie de días, llenos de mi amor por usted...

IRÍNA
Nikolái Lvóvich, no me hable usted de amor.

TÚZENBACH *(Sin escucharla.)*

Tengo un ansia apasionante de vivir, de luchar, de trabajar, y esa ansia de mi alma está fundida con mi amor por usted, Irína. Y precisamente porque es usted hermosa, mi vida se me figura hermosa también. ¿En qué está usted pensando?

IRÍNA

Dice usted que la vida es hermosa. Sí, ¿pero y si sólo parece serlo? La vida de nosotras tres, de mis hermanas y mía, no ha sido hasta ahora lo que se dice hermosa. La vida nos ha ido ahogando, igual que la mala hierba en un jardín... Estoy empezando a llorar y no debo hacerlo. *(Se enjuga los ojos deprisa y sonríe.)* Necesitamos trabajar, trabajar. El motivo de que estemos descontentas y miremos la vida de manera tan sombría es que nunca hemos sabido lo que es trabajar. Nacimos en una familia que despreciaba el trabajo...

(Entra NATÁLYA IVÁNOVNA. *Trae puesto un vestido color rosa con cinturón verde.)*

NATÁSHA

Ahí ya se están sentando a almorzar... Llego tarde. *(Se mira de reojo al pasar delante del espejo y se arregla el vestido.)* Me parece que tengo bien el pelo... *(Viendo a* IRÍNA.*)* ¡Mi querida Irína Sergéyevna, la felicito! *(Le da un beso fuerte y prolongado.)* Tiene usted tantos invitados que, francamente, me da vergüenza... ¿Cómo está usted, barón?

ÓLGA *(Entrando en la sala.)*

En fin, ya está aquí Natálya Ivánovna. ¿Cómo está usted, querida?

(Se besan.)

NATÁSHA
Con felicidades para la festejada. Hay tanta gente aquí que me siento muy violenta...

ÓLGA
No diga más. Todos son antiguos amigos. *(Alarmada y bajando la voz.)* ¡Lleva usted un cinturón verde! ¡Querida mía, eso es una equivocación!

NATÁSHA
¿Es que cree usted que trae mala suerte?

ÓLGA
No. Es que no va bien con su vestido... y parece un poco raro...

NATÁSHA *(Con voz plañidera.)*
¿Ah, sí? ¡Pero si no es verde; es más bien un color mate! *(Entra tras* ÓLGA *en el salón.)*

(En el salón se sientan a almorzar; la sala queda vacía.)

KULÝGIN
Te deseo un buen novio, Irína. Ya es hora de que te cases.

CHEBUTÝKIN
Natálya Ivánovna, yo a usted también le deseo un novio.

KULÝGIN
Natálya Ivánovna ya tiene novio...

MÁSHA *(Golpeando el plato con el tenedor.)*
¡Un vaso de vino para mí! ¡Ay, qué agradable es la vida! ¿Pero adónde ha ido a parar la nuestra?

KULÝGIN
Másha, a ti se te da sólo un tres de conducta.

VERSHÍNIN
¡Qué bueno es este licor! ¿De qué está hecho?

SOLYÓNY
De cucarachas.

IRÍNA *(Con voz llorosa.)*
¡Oh, no! ¡Qué asco!

ÓLGA
De comida esta noche tenemos pavo asado y tarta de manzana. Gracias a Dios que estaré aquí todo el día... y en las primeras horas de la noche también... Señoras y señores, vengan ustedes esta noche...

VERSHÍNIN
¿Puedo yo venir esta noche también?

IRÍNA
Sí, por favor.

NATÁSHA
Nosotras no nos andamos con cumplidos.

CHEBUTÝKIN
«La Naturaleza nos ha traído al mundo sólo para amar...» *(Ríe.)*

ANDRÉI *(Irritado.)*
Basta ya, caballeros. ¿Es que no se cansan ustedes?

*(*FEDÓTIK *y* RODÉ *entran con un gran cesto de flores.)*

FEDÓTIK
¡Anda, pues ya están almorzando!

RODÉ *(En voz alta.)*
¿Almorzando? Pues sí que están...

FEDÓTIK
¡Espere un momentito! *(Hace una foto a* IRÍNA.*)* Ésta es la primera. Un momentito más... *(Hace una segunda foto.)* Ya está la segunda... Eso es todo.

(Toman el cesto y van al salón, donde son acogidos ruidosamente.)

RODÉ *(En voz alta.)*
¡Felicidades, Irína Sergéyevna! Le deseo todo lo mejor de este mundo, absolutamente todo. El tiempo que hace hoy es una pura delicia, sencillamente magnífico. Esta mañana me la he pasado entera con los muchachos. Saben ustedes que enseño gimnasia en el instituto...

FEDÓTIK
Ya puede moverse, Irína Sergéyevna; ya puede, sí. *(Hace una foto.)* Hoy está usted requeteguapa. *(Saca una peonza del bolsillo.)* A propósito, miren ustedes esta peonza... Tiene un zumbido estupendo...

IRÍNA
¡Qué preciosidad!

MÁSHA
«Hay un verde roble en la curva orilla
y una cadena de oro cuelga de él...»
Una cadena de oro colgando de un roble... *(Plañidera.)* ¿Pero a santo de qué digo eso? Esos versos me han estado rondando en la cabeza desde esta mañana...

KULÝGIN
¿Saben ustedes que somos trece a la mesa?

RODÉ *(En voz alta.)*
¡Señoras y señores, no me digan que son supersticiosos!

(Risa general.)

KULÝGIN
Si somos trece a la mesa, eso quiere decir que alguien de nosotros está enamorado. ¿Serías tú, por casualidad, Iván Románych?

(Risa general.)

CHEBUTÝKIN
Yo soy un viejo pecador, pero por qué se turba Natálya Ivánovna es algo que, francamente, no comprendo.

(Risa estentórea. NATÁSHA *sale corriendo del salón y entra en la sala, seguida de* ANDRÉI.)

ANDRÉI
¡Vamos, Natásha, no les haga caso! Espere..., espere un momento, se lo ruego...

NATÁSHA
Es que me da mucha vergüenza... No sé qué me pasa, pero todos se están riendo de mí. Sé que ha estado mal irme de la mesa de ese modo, pero es que no puedo..., no puedo... *(Se cubre la cara con las manos.)*

ANDRÉI
Querida mía, cariño, le ruego, le imploro que no se preocupe. Le aseguro que están bromeando, bromeando de bue-

na fe. Querida mía, preciosa mía, todos ellos son buenas personas, gentes de buen corazón que nos quieren a usted y a mí. Véngase conmigo a la ventana. Ahí no podrán vernos... *(Mira en torno.)*

NATÁSHA

Es que como no estoy acostumbrada a estar con mucha gente...

ANDRÉI

¡Oh, la juventud, el encanto y la maravilla de la juventud! ¡Preciosa mía, cariño, no se soliviante de ese modo!... Créame, créame... Soy tan feliz, tengo el corazón tan lleno de amor, de gozo... ¡No, no pueden vernos aquí! ¡Que no nos pueden ver! ¿Por qué me enamoré de usted, de usted, cuando me enamoré por fin? ¡Ay, no comprendo nada! ¡Preciosa mía, mi novia pura e inocente, sea usted mi esposa! La quiero a usted, la quiero... como nunca he querido a nadie. *(La besa.)*

(Entran dos oficiales y, al ver a la pareja besarse, se detienen asombrados.)

TELÓN

Acto segundo

La escena es la misma del Acto I. Las ocho de la noche. Fuera de la escena, en la calle, se oye tocar, con sonido apenas perceptible, un acordeón. No hay luz. Entra, bujía en mano, NATÁLYA IVÁNOVNA *en camisón de dormir, cruza la escena y se detiene ante la puerta que conduce a la habitación de* ANDRÉI.

NATÁSHA

¿Qué estás haciendo, Andryúsha? ¿Estás leyendo? No es nada, sólo quería saber... *(Va a otra puerta, la abre, mira por ella y la cierra.)* si hay luz en algún sitio...

ANDRÉI *(Entra con un libro en la mano.)*

¿Qué hay, Natásha?

NATÁSHA

Estaba mirando a ver si había luz... Es Carnaval, y la servidumbre está tan fuera de quicio que hay que poner cuidado en que todo vaya como es debido. Ayer a medianoche pasé por el comedor y vi que habían dejado encendida una luz. Todavía no he averiguado quién la habrá encendido. *(Pone la bujía en la mesa.)* ¿Qué hora es?

ANDRÉI *(Mirando su reloj.)*
Las ocho y cuarto.

NATÁSHA
Y ni Ólga ni Irína están de vuelta. ¡Pobres chicas, trabajando todavía! Ólga en la reunión de profesores e Irína en la oficina de telégrafos... *(Suspira.)* Esta mañana he dicho a tu hermana: «Irína, cuídate bien, guapa». Pero no hace caso. ¿Dices que son las ocho y cuarto? Temo que Bóbik no esté bien del todo. ¿Por qué está tan frío? Ayer tenía fiebre y hoy tiene todo el cuerpo frío... ¡Tengo tanto miedo!

ANDRÉI
No es nada. Natásha. El niño está bien.

NATÁSHA
Pero, de todos modos, debiéramos ponerle una dieta. Tengo miedo. Y me han dicho que esta noche pasarán por aquí unas máscaras. Sería mejor que no vinieran, Andryúsha.

ANDRÉI
La verdad es que no sé qué hacer. Al fin y al cabo las han invitado.

NATÁSHA
Esta mañana se despertó el nene, me miró y sonrió de repente. Lo que significa que me ha reconocido. Yo le dije: «¡Buenos días, Bóbik, buenos días, precioso mío!». Y él rompió a reír. Los niños pequeños comprenden, ¡vaya si comprenden! ¿Entonces qué, Andryúsha? ¿Digo a los criados que no dejen entrar a las máscaras?

ANDRÉI *(Indeciso.)*
¿No crees que eso deberán decidirlo mis hermanas? Al fin y al cabo la casa es de ellas.

NATÁSHA

Sí, es de ellas también. Yo hablaré con ellas. Son tan buenas... *(Se dispone a salir.)* He pedido yogurt para la cena. Dice el médico que no deberías tomar más que yogurt, porque de lo contrario no conseguirás adelgazar. *(Se detiene.)* Bóbik tiene frío. Me temo que su cuarto sea quizá demasiado frío para él. Habrá que mudarle a otra habitación más abrigada, por lo menos hasta que se temple la temperatura. Por ejemplo, la habitación de Irína sería perfecta para el nene: es seca y el sol pega en ella todo el día. Habrá que decirle que comparta la habitación de Ólga por ahora. En todo caso, nunca está aquí durante el día; sólo viene a dormir... *(Pausa.)* ¿Por qué estás tan callado, Andryúsha?

ANDRÉI

Por nada. Estaba pensando en las musarañas... No tengo nada que decir...

NATÁSHA

Sí... Había algo que quería decirte... ¡Ah, sí! Ferapónt ha venido del Consejo preguntando por ti.

ANDRÉI *(Bostezando.)*

Dile que entre. *(Vase* NATÁSHA. ANDRÉI, *inclinándose sobre la bujía que ella ha olvidado, lee su libro. Entra* FERAPÓNT *en un abrigo viejo y raído, con el cuello levantado; trae las orejas tapadas con una bufanda.)* Buenos días, amigo. ¿Qué te cuentas?

FERAPÓNT

El presidente le manda un libro y unos papeles de no sé qué... Aquí están... *(Le entrega un libro y un paquete.)*

ANDRÉI

Gracias. Está bien. ¿Por qué has venido tan tarde? Ya ves que son más de las ocho.

FERAPÓNT

¿Qué dice?

ANDRÉI

Digo que has venido tarde. Que son ya más de las ocho.

FERAPÓNT

Sí, es cierto. Aún no había oscurecido cuando llegué pero no me dejaron pasar a verle. El amo está ocupado, me dijeron. Bueno, ¿y qué? Pues sí está ocupado, que siga estándolo. Yo no tengo prisa. *(Pensando que* ANDRÉI *le pregunta algo.)* ¿Qué dice?

ANDRÉI

Nada. *(Hojea el libro.)* Mañana es viernes y no habrá sesión, pero no importa; iré de todos modos... y trabajaré en algo. Aquí en casa se aburre uno... *(Pausa.)* Sí, mi buen viejo, es extraño ver cómo cambian las cosas, cómo la vida le engaña a uno. Hoy, de puro aburrimiento, sólo por hacer algo, he cogido este libro: unos antiguos apuntes de clases a las que asistí en la universidad. Me he echado a reír... ¡Dios santo, yo secretario del Consejo de Distrito, del Consejo mismo que preside Protopópov! ¡Yo, secretario, y a lo que más puedo aspirar es a ser miembro de ese Consejo! ¡Yo, miembro del Consejo de Distrito de aquí! ¡Yo, que sueño todas las noches con ser profesor de la Universidad de Moscú, con ser un erudito famoso de quien toda Rusia esté orgullosa!

FERAPÓNT

No sé qué decir... Soy duro de oído...

ANDRÉI

Si tú oyeras como Dios manda, quizá no te hablaría de este modo. Necesito hablar con alguien, pero mi mujer no me comprende; a mis hermanas les tengo miedo, no sé por qué. Temo que se rían de mí, que me hagan avergonzarme... Yo no bebo, no me gustan las tabernas, ¡pero, chico, con qué gusto estaría ahora mismo sentado en el restaurante de Téstov o en el Bolshói Moskóvski!

FERAPÓNT

Pero en Moscú, como decía el otro día en el Consejo un contratista de obras, estaban comiendo tortas de sartén unos comerciantes; uno de ellos se comió cuarenta y parece que murió. Si no fueron cuarenta, fueron cincuenta. No recuerdo.

ANDRÉI

En Moscú te sientas en el salón enorme de un restaurante, no conoces a nadie ni nadie te conoce a ti, y sin embargo no te sientes forastero. Mientras que aquí conoces a todo el mundo, todo el mundo te conoce a ti, pero sí te sientes forastero, muy forastero... Forastero y solo.

FERAPÓNT

¿Qué dice? *(Pausa.)* Fue el mismo individuo que me dijo que, al parecer, han puesto una soga que atraviesa todo Moscú. Claro que podía estar mintiendo.

ANDRÉI

¿Para qué?

FERAPÓNT

Pues no sé. Eso fue lo que dijo.

ANDRÉI

¡Qué tontería! *(Lee el libro.)* ¿Has estado alguna vez en Moscú?

FERAPÓNT *(Tras una pausa.)*

No. Dios no lo ha querido. *(Tras una pausa.)* ¿Puedo irme ya?

ANDRÉI

Sí, puedes irte. Que lo pases bien. *(Vase* FERAPÓNT.) Que lo pases bien. *(Leyendo.)* Pásate por aquí mañana por la mañana para recoger estos papeles... ¡Hala, vete! *(Pausa.)* Ya se ha ido. *(Suena una campanilla.)* Más cosas que hacer... *(Se despereza y va lentamente a su cuarto.)*

(Se oye cantar fuera de la escena; es la niñera meciendo al niño. Entran MÁSHA *y* VERSHÍNIN. *Mientras conversan, una criada enciende una lámpara y las bujías en el salón de baile.)*

MÁSHA

No sé. *(Pausa.)* No sé. Cierto que la costumbre influye mucho. Por ejemplo, después de la muerte de mi padre tardamos mucho tiempo en habituarnos a no tener asistentes que nos sirvieran. Pero, costumbre aparte, creo que lo que le estaba diciendo es la pura verdad. Quizá en otros sitios no sea así, pero en esta ciudad las personas más dignas, más nobles y mejor educadas son los militares.

VERSHÍNIN

Quiero beber algo. Me gustaría un vaso de té.

MÁSHA *(Mirando su reloj.)*

Pronto lo traerán. A mí me casaron cuando tenía dieciocho años. Le tenía miedo a mi marido porque era maestro y porque yo apenas había terminado mis estudios. Entonces me parecía que era un hombre sumamente instruido, inteligente e importante. Pero ahora, por desgracia, ya no es lo mismo.

VERSHÍNIN
Sí... ya veo...

MÁSHA
No digo nada en contra de mi marido. Estoy ya acostumbrada a él. Lo que ocurre es que entre los paisanos en general ¡hay tanto individuo grosero, descortés y mal educado! A mí la grosería me contrista, me saca de quicio. Sufro cuando veo a una persona que carece de sensibilidad, de finura, de cortesía. Si por casualidad estoy con los maestros, los colegas de mi marido, sufro lo indecible.

VERSHÍNIN
Sí, claro... Pero yo creo que, al menos en una ciudad como ésta, los paisanos y los militares se parecen en eso de carecer de interés. Pero no importa. Si uno habla con cualquier individuo bien educado de aquí, paisano o militar, descubre que está harto de su mujer, de su casa, de su hacienda, de sus caballos... Al ruso nada le gusta más que un pensamiento elevado, pero, vamos a ver, ¿por qué se muestra tan bellaco en la vida práctica? ¿Por qué?

MÁSHA
¿Por qué?

VERSHÍNIN
¿Por qué está hasta la coronilla de sus hijos, de su mujer? ¿Y por qué su mujer y sus hijos están hasta la coronilla de él?

MÁSHA
Hoy le veo a usted un poco alicaído.

VERSHÍNIN
Puede ser. Hoy no he comido. No he comido nada desde esta mañana. Una de mis hijas está indispuesta, y cuando

mis hijas no están bien siento escalofríos de terror. Me remuerde la conciencia por haberles dado una madre como la que tienen. ¡Oh, si la hubiera usted visto hoy! ¡Qué mujer más despreciable! Empezamos a reñir a las siete de la mañana y a las nueve me marché de casa dando un portazo. *(Pausa.)* Nunca hablo de esto, pero lo extraño es que me quejo sólo cuando estoy con usted. *(Le besa la mano.)* No se enfade conmigo. A excepción de usted, de usted sola, no tengo a nadie, a nadie...

(Pausa.)

MÁSHA
¡Qué ruido hace el viento en la estufa! Poco antes de morir papá el viento ululaba así también en la chimenea.

VERSHÍNIN
¿Es usted supersticiosa?

MÁSHA
Sí.

VERSHÍNIN
¡Qué raro! *(Le besa la mano.)* Es usted una mujer magnífica, prodigiosa. ¡Magnífica, prodigiosa! Aunque aquí está oscuro, puedo ver el brillo de sus ojos.

MÁSHA *(Sentándose en otra silla.)*
Aquí hay más luz...

VERSHÍNIN
La amo a usted, la amo, la amo... Amo sus ojos, amo la manera que tiene usted de moverse, sueño con ella... ¡Mujer magnífica, prodigiosa!

MÁSHA *(Riendo levemente.)*
Cuando me habla así, no puedo menos de reír, aunque al mismo tiempo me da miedo. No lo repita, se lo ruego... *(A media voz.)* Pero, por otra parte, siga. No me importa. Ahí viene gente; hable de otra cosa...

(IRÍNA *y* TÚZENBACH *entran por el salón de baile.)*

TÚZENBACH
Tengo tres apellidos: barón Túzenbach-Króne-Áltshauer, pero soy tan ruso y tan ortodoxo como usted. De mi ascendencia alemana no me queda apenas nada; quizá sólo la paciencia y terquedad con que la aburro a usted. Ya ve que la acompaño a casa todas las noches.

IRÍNA
¡Qué cansada estoy!

TÚZENBACH
Y todas las noches la recogeré en la oficina de telégrafos para acompañarla a casa... Seguiré haciéndolo diez años, doce, a menos que me mande usted a paseo... *(Al ver a* MÁSHA *y* VERSHÍNIN, *dice gozoso):* ¡Ah! ¿Son ustedes? ¿Qué tal?

IRÍNA
Bueno, por fin estoy en casa. *(A* MÁSHA.) Hoy ha venido una señora a telégrafos para mandar un parte a su hermano, en Sarátov, diciéndole que se le ha muerto un hijo, y no podía acordarse de la dirección. De modo que puso sencillamente «Sarátov». Estaba llorando, y yo estuve agria con ella sin motivo alguno. «No tengo tiempo», le dije. Así de grosera. Esta noche vienen las máscaras, ¿verdad?

MÁSHA
Sí.

IRÍNA *(Sentándose en una butaca.)*
Tengo que descansar. Estoy rendida.

TÚZENBACH *(Sonriendo.)*
Cuando vuelve del trabajo parece usted tan jovencita, tan digna de lástima...

(Pausa.)

IRÍNA
Estoy cansada. No, no me gusta trabajar en la oficina de telégrafos, no me gusta.

MÁSHA
Has adelgazado... *(Silba.)* Además, estás más joven y tu cara empieza a parecerse a la de un muchacho.

TÚZENBACH
Es por su manera de peinarse.

IRÍNA
Necesito buscar otra colocación, porque ésta no me va. Nada de lo que he querido con afán, nada de lo que he soñado, nada de eso tiene que ver con la colocación que ahora tengo. Es un trabajo sin poesía, sin esfuerzo mental... *(Se oye un golpe en el suelo.)* El médico está llamando. *(A* TÚZENBACH.) Contéstele del mismo modo, amigo mío... Yo no puedo..., estoy rendida. (TÚZENBACH *da golpes en el suelo.)* Vendrá en seguida. Habrá que tomar algunas medidas. Ayer el médico y nuestro Andréi estuvieron en el club y volvieron a perder jugando a las cartas... Dicen que Andréi perdió doscientos rublos.

MÁSHA *(Con indiferencia.)*
¡Qué le vamos a hacer!

IRÍNA
Hace quince días perdió; en diciembre perdió también. Cuanto más pronto lo pierda todo, más pronto quizá nos iremos de aquí. Dios mío, sueño con Moscú todas las noches. A veces pienso que me estoy volviendo loca. *(Ríe.)* Nos iremos allá en junio. Pero para junio faltan todavía... ¿a ver, cuántos meses? Febrero, marzo, abril, mayo... ¡Casi medio año!

MÁSHA
Lo que hace falta es que Natásha no se entere de esas pérdidas.

IRÍNA
Yo creo que a ella le da igual.

(CHEBUTÝKIN, *que acaba de levantarse de la cama -ha echado una siesta después de comer-, entra en el salón alisándose la barba, se sienta a la mesa y saca un periódico del bolsillo.)*

MÁSHA
Aquí está. ¿Ha pagado el alquiler del cuarto?

IRÍNA *(Riendo.)*
No. Ni un céntimo desde hace ocho meses. Por lo visto, se le ha olvidado.

MÁSHA *(Riendo.)*
¡Vaya aspecto solemne que tiene ahí sentado!

(Todos ríen. Pausa.)

IRÍNA
¿Por qué tan callado, Aleksándr Ignátyevich?

VERSHÍNIN
No sé. Quisiera tomar un poco de té. ¡Daría la mitad de mi vida por un vaso de té! No he comido nada desde esta mañana...

CHEBUTÝKIN
¡Irína Sergéyevna!

IRÍNA
¿Qué hay?

CHEBUTÝKIN
Haga el favor de venir acá. *Venez ici.* (IRÍNA *va y se sienta a la mesa.)* No puedo hacer nada sin usted.

(IRÍNA *prepara las cartas para hacer solitarios.)*

VERSHÍNIN
Bueno, pues si no nos dan té, al menos podemos filosofar un poco.

TÚZENBACH
Pues sí, filosofemos. ¿Pero sobre qué?

VERSHÍNIN
¿Sobre qué? Soñemos un poco... Por ejemplo, ¿cómo será la vida después de nosotros, dentro de doscientos o trescientos años?

TÚZENBACH

Vamos a ver. Después que hayamos muerto nosotros, las gentes volarán en globos, cambiarán el estilo de las chaquetas, descubrirán quizá un sexto sentido y harán que se desarrolle... Pero la vida seguirá igual que antes: una vida trabajosa, llena de misterio y de felicidad. Y al cabo de mil años, la gente seguirá diciendo entre suspiros: «¡Ay, qué duro es vivir!». Y, sin embargo, temerá a la muerte y no querrá morir, exactamente igual que ahora.

VERSHÍNIN *(Pensativo.)*

¿Qué diría yo? A mí me parece que todo lo de este mundo tiene que cambiar poco a poco y que ya está cambiando ante nuestros propios ojos. Dentro de doscientos, o trescientos, o hasta de mil años –el número no importa– aparecerá una vida nueva y feliz. Nosotros no participaremos de ella, por supuesto, pero vivimos ahora para ella, sí, y sufrimos con el fin de crearla. Ése es el único objetivo de nuestra existencia y, si quiere usted, ésa será nuestra única felicidad.

(MÁSHA *ríe levemente.)*

TÚZENBACH

¿Por qué ríe usted?

MÁSHA

No sé. He estado riendo todo el día.

VERSHÍNIN

Yo terminé mis estudios en la misma escuela que usted, pero no pasé a la academia militar. Leo mucho, pero no sé escoger los libros, y de seguro no leo lo que debiera. En todo caso, cuanto más vivo, más quiero saber. Empiezo a tener canas, soy ya casi un viejo, pero sé muy poco, ¡ay, qué poco sé! Pero, en todo caso, me parece que sé lo más importante, lo más verdadero, y que lo sé muy bien. Si pudiera demostrarles a ustedes que no hay felicidad para nosotros, que no debe haberla y que no la habrá... Lo único que nos cumple hacer es trabajar a más y mejor... Pero lo que es felicidad, eso se queda para los que vengan después de nosotros, mucho después. *(Pausa.)* No para mí, pero al menos para los descendientes de mis descendientes.

(FEDÓTIK *y* RODÉ *aparecen en el salón; se sientan y empiezan a cantar suavemente, acompañándose con la guitarra.)*

TÚZENBACH
De modo que, según usted, ni siquiera se debe soñar con la felicidad... ¡Pero si yo soy feliz!

VERSHÍNIN
No.

TÚZENBACH *(Levantando los brazos y riendo.)*
Es evidente que no nos entendemos. ¿Pero cómo voy a convencerle?

(MÁSHA *ríe suavemente.)*

(Levantando un dedo.) ¡Ande, ríase! *(A* VERSHÍNIN.) Y la vida será igual que ahora, no digo en doscientos o trescientos años, sino en un millón de años. La vida no cambia, es constante, se rige por sus propias leyes, con las que usted nada tiene que ver, o al menos nunca llegará a conocer. Esas aves que emigran de un lugar a otro..., las grullas, por ejemplo..., que vuelan y seguirán volando; cualesquiera que sean los pensamientos grandes o nimios que tengan en

la cabeza, esas aves seguirán volando, sin saber por qué o sin saber adónde. Vuelan y seguirán volando a despecho de los filósofos que pueda haber entre ellas. Y pueden filosofar todo lo que quieran, con tal que sigan volando...

MÁSHA
Pero eso tendrá algún sentido.

TÚZENBACH
¿Algún sentido?... Mire; ahí fuera está nevando. ¿Qué sentido tiene eso?

MÁSHA
Yo creo que el ser humano debe tener fe, o al menos debe buscarla. De lo contrario su vida será algo vacío vacío... Vivir y no saber por qué vuelan las grullas, por qué nacen los niños, por qué hay estrellas en el cielo... Una de dos: o se sabe por qué se vive o de lo contrario... todo es absurdo, pura faramalla. *(Pausa.)*

VERSHÍNIN
De todos modos, lamento que haya pasado mi juventud...

MÁSHA
Como dice Gógol, «es un fastidio vivir en este mundo, señoras y señores».

TÚZENBACH
Y yo digo que es difícil discutir con ustedes, señoras y señores. En fin, a ustedes...

CHEBUTÝKIN *(Leyendo su periódico.)*
Balzac se casó en Berdíchev. (IRÍNA *canturrea en voz baja.)* Lo mejor será apuntarlo en mi cuaderno. *(Escribe.)* Balzac se casó en Berdíchev. *(Sigue leyendo.)*

IRÍNA *(Pensativa, haciendo solitarios.)*
Balzac se casó en Berdíchev.

TÚZENBACH
La suerte está echada. Ya sabe usted, Márya Sergéyevna, que he pedido el retiro.

MÁSHA
Sí, eso me han dicho. Y en ello no veo nada bueno. No me gusta el paisanaje.

TÚZENBACH
No importa... *(Se levanta.)* Pero con lo feo que soy, ¿quién me tomaría por militar? En fin, ¿qué más da? Lo que haré será trabajar en algo. Aunque sólo sea un día en toda mi vida, trabajaré tanto que cuando llegue a casa de noche me acostaré agotado y me dormiré al momento. *(Entrando en el salón.)* ¡Supongo que los trabajadores dormirán a pierna suelta!

FEDÓTIK *(A IRÍNA.)*
Acabo de comprarle a usted unos lápices de colores en la tienda de Pýyhikóv, en la calle Moskóvskaya. Y este pequeño cortaplumas...

IRÍNA
Me sigue usted tratando como si fuera una niña pequeña, pero, como ve, ya estoy bastante crecidita. *(Toma gozosa los lápices y el cortaplumas.)* ¡Qué preciosidad!

FEDÓTIK
También he comprado un cortaplumas para mí... Mire, aquí tiene otra hoja y aquí otra... Ésta es para limpiarse los oídos, éstas son unas tijeritas, ésta sirve para limpiarse las uñas...

RODÉ *(En voz alta.)*
Doctor, ¿cuántos años tiene usted?

CHEBUTÝKIN
¿Yo? Treinta y dos.

(Risas.)

FEDÓTIK
Voy a enseñarle a hacer otro solitario... *(Distribuye las cartas. Traen el samovar y* ANFÍSA *se dispone a servir. Un momento después llega* NATÁSHA *y también se atarea en torno a la mesa. Entra* SOLYÓNY *y, tras saludar a la concurrencia, se sienta a la mesa.)*

VERSHÍNIN
¡Pero hay que ver qué viento!

MÁSHA
Sí. Estoy harta de invierno. Ya se me ha olvidado cómo es el verano.

IRÍNA
Veo que me está saliendo el solitario. Nos iremos a Moscú.

FEDÓTIK
No, no le va a salir. Fíjese en que el ocho tiene que ir sobre el dos de espadas. *(Ríe.)* Lo que significa que no irá usted a Moscú.

CHEBUTÝKIN *(Leyendo el periódico.)*
Tsitsikár. Allí hay una epidemia de viruela.

ANFÍSA *(Acercándose a* MÁSHA.*)*
Másha, el té está listo, guapa. *(A* VERSHÍNIN.*)* Por favor, Excelencia, ¿quiere venir a la mesa? Perdone, majo, pero he olvidado su nombre y patronímico...

MÁSHA

Tráemelo aquí, *nyánya,* que ahí no voy yo.

IRÍNA

¡Nyánya!

ANFÍSA

¡Ya vo... ooy!

NATÁSHA *(A* SOLYÓNY.)

Los niños de pecho se acuerdan muy bien de las cosas. «¡Buenos días, Bóbik –le he dicho–, buenos días, cielo mío!» Y él me ha mirado de un modo especial. Usted pensará que son figuraciones de una madre, pero no, no. Se lo aseguro. Es una criatura fuera de lo común.

SOLYÓNY

Si esa criatura fuese mía, la freiría en una sartén y me la comería. *(Con su vaso de té en la mano, pasa a la sala y se sienta en un rincón.)*

NATÁSHA *(Tapándose la cara con las manos.)*

¡Qué hombre más zafio y mal educado!

MÁSHA

¡Feliz aquel que no nota si es invierno o verano! Yo creo que si estuviera en Moscú sería indiferente al tiempo...

VERSHÍNIN

El otro día estuve leyendo el diario de un ministro francés. Lo escribió en la cárcel, donde estaba recluido por su participación en el asunto de Panamá. ¡Con qué placer y alborozo escribe de los pájaros que ve por la ventana de la cárcel!... Pájaros que no había notado antes, cuando era ministro. Por supuesto que ahora que está en libertad habrá vuelto a olvidarse de los pájaros. Pues a usted le pasará igual. No notará a Moscú cuando viva allí. No conocemos la felicidad y nunca la conoceremos. Sólo la deseamos.

TÚZENBACH *(Cogiendo la caja de la mesa.)*
¿Pero dónde diantre están los dulces?

IRÍNA
Se los ha comido Solyóny.

TÚZENBACH
¿Todos?

ANFÍSA *(Sirviendo el té.)*
Aquí tiene una carta, amigo.

VERSHÍNIN
¿Para mí? *(Toma la carta.)* Es de mi hija. *(Lee.)* Sí, claro... Perdone, Márya Sergéyevna, me voy callandito. No tomaré el té. *(Se levanta agitado.)* Siempre la misma historia...

MÁSHA
¿Qué pasa? ¿Es un secreto?

VERSHÍNIN *(En voz baja.)*
Mi mujer, que ha vuelto a tomar veneno. Tengo que irme. Saldré sin que nadie lo note. Todo esto es terriblemente desagradable. *(Besa la mano de* MÁSHA.*)* Mi querida y admirable amiga, mi buena amiga... Salgo por aquí sin hacer ruido... *(Sale.)*

ANFÍSA
¿Adónde va ése? ¡Pero si acabo de darle el té!... ¡Qué hombre tan raro!

MÁSHA *(Montando en cólera.)*
¡Déjame en paz! ¿Por qué demonios me estás pinchando siempre? No paras un momento... *(Va con su taza a la mesa.)* ¡Estoy de ti hasta la coronilla, vieja!

ANFÍSA
¿Pero qué es lo que te ofende, querida mía?...

(La voz de ANDRÉI: «¡Anfísa!».)

(Remedando esa voz.) ¡Anfísa! Allí lo tienes sentado... *(Sale.)*

MÁSHA *(Junto a la mesa, en el salón de baile, irritada.)*
¡Córrete un poco, que quiero sentarme! *(Revuelve las cartas que están en la mesa.)* Tienes las cartas desparramadas por toda la mesa. ¡Bébete el té!

IRÍNA
Estás de malas pulgas esta noche, Másha.

MÁSHA
Pues si estoy de malas pulgas, no me hables. ¡No me toques!

CHEBUTÝKIN *(Riendo.)*
¡No la toque! ¡No la toque!...

MÁSHA
Es usted ya un sesentón y todavía sale con tonterías, como un chicuelo.

NATÁSHA *(Suspirando.)*
Pero, Másha, querida, ¿qué necesidad tienes de usar esas expresiones en la conversación? Con el buen palmito que

tienes podrías ser un encanto, incluso en lo más selecto de la sociedad, si no fuera por esas palabras que usas. Te lo digo con franqueza. *Je vous prie, pardonnez-moi, Marie, mais vous avez des manières un peu grossières.*

TÚZENBACH *(Conteniendo la risa.)*
Páseme..., páseme... Eso que hay ahí parece coñac...

NATÁSHA
Il paraît que mon Bobik déjà ne dort pas. Está despierto. Hoy no está muy bien. Voy a echarle un vistazo. Perdónenme... *(Sale.)*

IRÍNA
¿Adónde ha ido Aleksándr Ignátyevich?

MÁSHA
A su casa. Su mujer ha vuelto a hacer algo raro.

TÚZENBACH *(Se acerca a* SOLYÓNY *con una botella de coñac en la mano.)*
Usted siempre se sienta solo, pensando en algo... y nadie sabe en qué. Pero, en fin, hagamos las paces. Echemos un trago de coñac. *(Beben los dos.)* Supongo que tendré que tocar el piano toda la noche, toda una serie de piezas estúpidas... ¡En fin, qué más da!

SOLYÓNY
¿Qué es eso de hacer las paces? No he reñido con usted.

TÚZENBACH
Es que usted me da siempre la impresión de que hay algo entre nosotros que no marcha bien. Aunque debo confesar que tiene usted un carácter raro.

SOLYÓNY *(Declamando.)*
«Soy raro, ¿pero quién no lo es? ¡No te enfades, Aléko!»

TÚZENBACH
¿Y Aléko qué tiene que ver con eso?

(Pausa.)

SOLYÓNY
Cuando estoy solo con alguien, estoy bien, soy como otro cualquiera. Pero cuando estoy en un grupo de gente me siento deprimido y tímido... y digo toda clase de tonterías. Pero, en todo caso, soy más noble y honrado que muchos otros. Y puedo demostrarlo.

TÚZENBACH
Yo a veces me enfado con usted porque no deja de provocarme cuando estamos con otras personas. Pero, a pesar de eso, me es usted simpático por algún motivo. ¡En fin, qué más da! Esta noche me emborracho. ¡Bebamos otra vez! *(Beben.)*

SOLYÓNY
Yo contra usted, barón, nunca he tenido nada. Lo que pasa es que tengo un carácter como el de Lérmontov. *(En voz baja.)* Hasta me parezco un poco a Lérmontov..., según dicen... *(Saca del bolsillo un frasco de perfume y se echa un poco en las manos.)*

TÚZENBACH
Voy a pedir el retiro. ¡Ya tengo bastante! Lo vengo pensando desde hace cinco años y por fin me he decidido. Voy a ponerme a trabajar.

SOLYÓNY *(Declamando.)*
«No te enfades, Aléko... Olvida, olvida tus sueños...»

(Mientras están hablando, entra ANDRÉI *calladamente con un libro y se sienta junto a la bujía.)*

TÚZENBACH
Voy a ponerme a trabajar...

CHEBUTÝKIN *(Entrando en la sala con* IRÍNA.)
Y lo que daban de comer era también típico del Cáucaso: sopa de cebolla y, como plato fuerte, *chehartmá,* que es carne asada.

SOLYÓNY
Cheremsá no es carne, sino una planta parecida a nuestra cebolla.

CHEBUTÝKIN
No, amigo mío. La *chehartmá* no es una cebolla, sino cordero asado.

SOLYÓNY
Y yo le digo a usted que la *cheremsá* es una cebolla.

CHEBUTÝKIN
Y yo le digo a usted que la *chehartmá* es cordero.

SOLYÓNY
Y yo le digo que la *cheremsá* es cebolla.

CHEBUTÝKIN
¿Pero para qué discutir con usted? Usted no ha estado nunca en el Cáucaso y no ha comido *chehartmá.*

SOLYÓNY
No la he comido porque no puedo aguantar su olor. La *cheremsá* huele exactamente igual que el ajo.

ANDRÉI *(Con voz implorante.)*
¡Basta ya, señores! ¡Por lo que más quieran!

TÚZENBACH
¿Cuándo vienen las máscaras?

ANDRÉI
Prometieron que a las nueve. O sea, de un momento a otro.

TÚZENBACH *(Abraza a* ANDRÉI *cantando.)*
«¡Oh, tú, zaguán, zaguán mío, mi nuevo zaguán!...»

ANDRÉI *(Bailando y cantando.)*
«Mi nuevo zaguán de madera de arce...»

CHEBUTÝKIN *(Bailando.)*
«Y con rejilla en la puerta...»

(Ríen todos.)

TÚZENBACH *(Besando a* ANDRÉI.)
¡Qué demonio! ¡Hala, a beber, Andryúsha! ¡A beber y a tutearnos! Me voy contigo a Moscú, a la universidad.

SOLYÓNY
¿A cuál? Porque en Moscú hay dos.

ANDRÉI
En Moscú no hay más que una universidad.

SOLYÓNY
Y yo le digo a usted que hay dos.

ANDRÉI
Bueno, por mí que haya tres. Mejor todavía.

SOLYÓNY

¡En Moscú hay dos universidades! *(Murmullos de protesta y siseo.)* En Moscú hay dos universidades: la antigua y la nueva. Pero si usted prefiere no escuchar y le molestan mis palabras, mejor será que me calle. Hasta puedo irme a otra habitación... *(Sale por una de las puertas.)*

TÚZENBACH

¡Bravo, bravo! *(Riendo.)* Empecemos, señoras y señores, que ya me siento a tocar. Ese Solyóny es un tipo divertido... *(Se sienta al piano y toca un vals.)*

MÁSHA *(Bailando el vals sola.)*

¡El barón está borracho, el barón está borracho, el barón está borracho!

(Entra NATÁSHA.)

NATÁSHA *(A* CHEBUTÝKIN.)

¡Iván Románych! *(Habla con él de algo y sale sin hacer ruido.)*

(CHEBUTÝKIN *toca a* TÚZENBACH *en el hombro y le dice algo al oído.)*

IRÍNA

¿Qué pasa?

CHEBUTÝKIN

Ya es hora de que nos vayamos. Que lo pasen ustedes bien.

TÚZENBACH

Buenas noches. Ya es hora de irse.

IRÍNA

Pero, perdón... ¿y las máscaras?...

ANDRÉI *(Turbado.)*
No habrá máscaras. Oye, querida, Natásha dice que Bóbik no está bien del todo, y por eso... Total, yo no sé... Francamente, a mí me da igual.

IRÍNA *(Encogiéndose de hombros.)*
¡Bóbik está malo!

MÁSHA
¡Pues sí que tiene gracia! ¡Aviados estamos! Si nos echan, pues claro que tenemos que irnos. *(A* IRÍNA.) Quien está mal no es Bóbik, sino ella misma... Aquí, mira. *(Se toca la frente con el dedo.)* ¡Burguesita cursi!

(ANDRÉI *va a su habitación por la puerta de la derecha;* CHEBUTÝKIN *sale tras él; los invitados se despiden en el salón de baile.)*

FEDÓTIK
¡Qué lástima! Y yo que contaba con pasar la velada aquí... Pero, claro, si el nene está malo... Mañana le traeré unos juguetes...

RODÉ *(En voz alta.)*
Hoy he dormido de propósito una buena siesta pensando que iba a bailar toda la noche. ¡Y ahora veo que son sólo las nueve!

MÁSHA
Vámonos a la calle y allí charlaremos. Allí se decidirá lo que hay que hacer.

(Se oyen voces diciendo «¡adiós, que lo pasen bien!». Se oye la risa alegre de TÚZENBACH. *Todos salen.* ANFÍSA *y una doncella quitan lo*

que había en la mesa y apagan las luces. Se oye cantar a la niñera. ANDRÉI, *con el gabán y el sombrero puestos, entra seguido de* CHEBUTÝKIN. *Tratan de no hacer ruido.)*

CHEBUTÝKIN
Nunca tuve tiempo de casarme, porque la vida se me pasó como un relámpago. Sí, y también porque quería con delirio a tu madre, que ya estaba casada...

ANDRÉI
No hay que casarse. No hay que casarse, que es un fastidio.

CHEBUTÝKIN
Cierto, pero piensa en la soledad. Puedes filosofar todo lo que quieras, amigo, pero la soledad es algo atroz. Aunque, en realidad..., en fin, da lo mismo.

ANDRÉI
¡Hala, vámonos!

CHEBUTÝKIN
¿A qué viene esa prisa? Tenemos tiempo.

ANDRÉI
Temo que mi mujer trate de detenerme.

CHEBUTÝKIN
¡Ah!

ANDRÉI
Hoy no juego. Voy de mirón. No me siento bien... ¿Qué debo hacer para que se me quite este jadeo, Iván Románovich?

CHEBUTÝKIN
¿Por qué lo preguntas? Ya no me acuerdo, chico. ¡Yo qué sé!

ANDRÉI
Vámonos por la cocina.

(Un campanillazo, luego otro; se oyen voces y risas. Salen CHEBUTÝKIN *y* ANDRÉI.)

IRÍNA *(Entrando.)*
¿Qué es eso?

ANFÍSA *(En un murmullo.)*
Las máscaras.

(Campanillazo.)

IRÍNA
Nyánya, diles que no hay nadie en casa. Y que perdonen.

(Sale ANFÍSA. IRÍNA *deambula pensativa por la habitación; está agitada. Entra* SOLYÓNY.)

SOLYÓNY *(Sorprendido.)*
No hay nadie... ¿Adónde se ha ido todo el mundo?

IRÍNA
A casa.

SOLYÓNY
¡Qué raro! ¿Está usted sola?

IRÍNA
Sí, sola. *(Pausa.)* Adiós, buenas noches.

SOLYÓNY

Hace un ratito me porté indebidamente. Perdí los estribos. Pero usted no es como los otros. Es usted noble y pura y ve bien dónde está la verdad... Sólo usted puede comprenderme. Yo la quiero a usted con un cariño profundo, infinito...

IRÍNA

Adiós. Váyase, por favor.

SOLYÓNY

No puedo vivir sin usted. *(Se acerca a ella.)* ¡Oh, bendita luz de mi vida! *(Con lágrimas en la voz.)* ¡Oh, dicha mía! Esos ojos suyos, gloriosos, maravillosos, divinos... Ojos como los que nunca he visto en otra mujer...

IRÍNA *(Fríamente.)*

¡Déjese de eso, Vasíli Vasílych!

SOLYÓNY

Le hablo de amor por primera vez, y me siento como si estuviera en otro planeta. *(Se frota la frente.)* Pero, en fin, no importa. Por supuesto, no puedo obligarla a que me quiera... Pero no toleraré rivales afortunados... No lo toleraré... Le juro por lo más sagrado que mataré a cualquier rival... ¡Oh, mujer maravillosa!

(NATÁSHA, *con una bujía, cruza la escena.)*

NATÁSHA *(Mira por una puerta, luego por otra* y *luego pasa por delante de la del cuarto de su marido.)*

Ahí está Andréi leyendo. Perdone, Vasíli Vasílych, no sabía que estaba usted aquí. No estoy vestida para recibir a visitantes...

SOLYÓNY

No importa. ¡Adiós! *(Sale.)*

NATÁSHA
Estarás cansada, pobrecita mía. (*Besa a* IRÍNA.) Deberías acostarte más temprano.

IRÍNA
¿Está dormido Bóbik?

NATÁSHA
Sí. Pero tiene el sueño intranquilo. A propósito, querida, vengo queriendo decirte algo, pero o bien tú no estás en casa o yo estoy ocupada... Me parece que la habitación que ahora tiene Bóbik es fría y húmeda. Ahora bien, la tuya sería perfecta para el nene. Oye, guapa, ¿crees tú que podrías mudarte al cuarto de Ólga, de momento al menos?

IRÍNA (*Sin comprender.*)
¿Adónde?

(*Se oyen las campanillas de una troika que llega a la puerta de la casa.*)

NATÁSHA
Tú y Ólga estaríais de momento en la habitación de ella, y en la tuya pondríamos a Bóbik. ¡Qué encanto de niño! Hoy le he dicho: «¡Bóbik, eres mío, mío!». Y me ha mirado con esos ojitos preciosos que tiene. (*Campanillazo.*) Será Ólga. ¡Qué tarde llega!

(*La* DONCELLA *se acerca a* NATÁSHA *y le dice algo al oído.*)

NATÁSHA
¿Protopópov? ¡Qué hombre más excéntrico! Ha venido Protopópov y me invita a dar un paseo en troika con él. (*Ríe.*) ¡Hay que ver lo raros que son estos hombres! (*Cam-

panillazo.) Alguien acaba de llegar. Quizá vaya a dar un paseíto, sólo un cuarto de hora... *(A la* DONCELLA.) Dile que voy en seguida. *(Campanillazo.)* Están llamando. De seguro que es Ólga... *(Sale.)*

(La DONCELLA *se va a toda prisa;* IRÍNA *se sienta, pensativa; entran* KULÝGIN *y* ÓLGA, *seguidos de* VERSHÍNIN.)

VERSHÍNIN
Es extraño. Yo me fui de aquí hace un rato... Hace media hora..., y estaban esperando a las máscaras...

IRÍNA
Todo el mundo se ha ido.

KULÝGIN
¿También Másha? ¿Adónde ha ido? ¿Y por qué está Protopópov ahí abajo esperando en una troika? ¿A quién está esperando?

IRÍNA
No me vengas con preguntas... Estoy cansada.

KULÝGIN
¡Vaya niña consentida!...

ÓLGA
La reunión acaba de terminar. Estoy agotada. Nuestra directora está enferma y ahora tendré que reemplazarla. ¡Qué dolor de cabeza tengo! ¡Ay, qué dolor, qué dolor!... *(Se sienta.)* Andréi perdió anoche doscientos rublos jugando a las cartas... La ciudad entera está hablando de ello...

IRÍNA *(Sola.)*
Todos se han ido. No queda nadie.

KULÝGIN
Sí, la reunión me ha dejado deshecho a mí también.

(Se sienta.)

VERSHÍNIN
Hace un rato mi mujer se empeñó en asustarme. A punto ha estado de envenenarse. Pero, en fin, todo ha quedado en agua de borrajas y ahora puedo respirar tranquilo. ¿Conque hay que largarse? Bueno, pues permítanme desearles que lo pasen bien. Fyódor Ilyích, véngase conmigo a cualquier sitio. ¡En casa no puedo quedarme, de veras que no puedo!... ¡Ande, véngase!

KULÝGIN
No, no voy. Estoy cansado. *(Se levanta.)* Estoy cansado. ¿Mi mujer se ha ido a casa?

IRÍNA
Supongo que sí.

KULÝGIN *(Besando la mano a* IRÍNA.)
Adiós. Mañana y pasado podemos descansar todo el día. Que lo pasen bien. *(Sale.)* ¡Cuánto me gustaría tomar un poco de té! Contaba con pasar la velada en amistosa compañía, pero *o fallacem hominum spem!* Empléese siempre el acusativo en las exclamaciones...

VERSHÍNIN
O sea, que tendré que ir solo adondequiera que vaya.

(Sale con KULÝGIN, *silbando.)*

ÓLGA
¡Ay, esta cabeza, cómo me duele!... Andréi perdió... Toda la ciudad está hablando de ello... Iré a acostarme. *(Se dirige a*

la puerta.) Mañana estoy libre... ¡Ay, Dios mío, qué agradable es eso! Mañana libre, pasado mañana libre... ¡Cómo me duele la cabeza!... *(Sale.)*

(En la calle tocan un acordeón. La niñera canta en la habitación contigua.)

NATÁSHA *(Cruzando la sala en abrigo y gorro de pieles; tras ella va la* DONCELLA.)
Estaré de vuelta en media hora. Sólo será un paseo corto. *(Sale.)*

IRÍNA *(Sola y en un arranque de nostalgia.)* ¡A Moscú! ¡A Moscú! ¡A Moscú!

TELÓN

Acto tercero

Habitación de ÓLGA *e* IRÍNA. *A izquierda y derecha, camas separadas por biombos. Son las dos y pico de la madrugada. Fuera de la escena suena una campana de alarma por un incendio que empezó bastante tiempo antes. Es evidente que en la casa nadie se ha acostado todavía. Tendida en el sofá está* MÁSHA, *vestida de negro como de costumbre. Entran* ÓLGA *y* ANFÍSA.

ANFÍSA

Siguen sentadas allí, debajo de la escalera... Les he dicho: «Arriba, por favor, que quedarse sentadas aquí no está bien». Están llorando. «Es que no sabemos dónde está *papasha*. ¡Quiera Dios que no se haya quemado!» ¡...Las cosas que se les ocurren! Y esos otros que están fuera... también han perdido toda la ropa.

ÓLGA *(Sacando ropa del armario.)*

Anda, toma este vestido gris... Y éste... Y la blusa también... Y esta falda, *nyánya*. ¡Pero qué horror, Dios mío! Toda la travesía Kirsánovski ha ardido por lo vasto... Toma esto... Y esto... *(Le echa los vestidos en los brazos.)* Los pobres Vershínin se han llevado un susto horrible... Su casa ha estado a pique de arder. Que pasen la noche con nosotros... Imposible que vuelvan a su casa... En la del pobre Fedótik todo se ha quemado; no queda nada...

ANFÍSA
Más vale que llames a Ferapónt, Ólga, porque yo no puedo con esto...

ÓLGA *(Tirando del cordón de la campanilla.)*
Sigue una llamando y nadie contesta... *(Va a la puerta.)* ¡Que venga acá quienquiera que esté ahí! *(Por la puerta abierta se ve una ventana enrojecida por el resplandor del fuego; se oye el ruido de una bomba de incendios que pasa junto a la casa.)* ¡Cosa más horrible! ¡Y hay que ver lo que cansa! *(Entra* FERAPÓNT.) Toma esto y bájatelo... Ahí, debajo de la escalera, están las chicas de Kolotílin... Dales esa ropa. Y esto también...

FERAPÓNT
Sí, señora. Moscú también ardió en el año doce. ¡Ay, Dios! Los franceses se quedaron asombrados.

ÓLGA
Hala, vete.

FERAPÓNT
Sí, señora. *(Sale.)*

ÓLGA
Nyánya, querida, dáselo todo. Nada de esto nos hace falta, *nyánya.* Estoy rendida; apenas puedo tenerme de pie... A los Vershínin no hay que dejarles que se vayan a casa. Las pequeñas pueden dormir en la sala y Aleksándr Ignátyevich abajo, donde está el barón... Fedótik también en el

cuarto del barón, o puede quedarse aquí en el salón de baile... El médico está borracho, borracho perdido, como de propósito, y con él no podemos poner a nadie. Y a la mujer de Vershínin también en la sala.

ANFÍSA *(Con voz de cansancio.)*
¡Ólga, guapa, no me eches de aquí! ¡No me eches!

ÓLGA
¿Pero qué tonterías estás diciendo, *nyánya?* Nadie te va a echar de aquí.

ANFÍSA *(Apoyando la cabeza en el pecho de* ÓLGA.)
Querida mía, preciosa mía, estoy trabajando, trabajando de firme... Si me pongo floja todos te dirán: ¡Despídela! ¿Y adónde voy a ir? ¿Adónde, con mis ochenta años! Ochenta y un años...

ÓLGA
Siéntate, *nyánya*... Estás cansada, pobrecita... *(La hace sentarse.)* Descansa, querida. ¡Pero qué pálida estás!

(Entra NATÁSHA.)

NATÁSHA
Dicen abajo que hay que formar aprisa y corriendo un comité en pro de los damnificados por el incendio. Pues sí, ¿por qué no? Es una idea excelente. A decir verdad, hay que ayudar a la gente pobre y ésa es obligación de los ricos. Bóbik y Sófochka se han dormido y siguen durmiendo como si tal cosa. Hay tanta gente en la casa que adondequiera que va una tropieza con alguien. En la ciudad hay una epidemia de gripe y temo que los niños se contagien.

ÓLGA *(Sin escucharla.)*
Desde este cuarto no se ve el fuego; aquí está una tranquila.

NATÁSHA

Sí... De seguro que estoy hecha un adefesio. *(Se pone delante del espejo.)* Dicen que he engordado, pero no es verdad. ¡Ni pizca! Másha está durmiendo..., está cansada, la pobre... *(A* ANFÍSA, *con frialdad.)* ¿Cómo te atreves a sentarte en mi presencia? ¡Levántate! ¡Sal de aquí ahora mismo! *(Sale* ANFÍSA. *Pausa.)* ¿Pero por qué demonio tienes todavía aquí a esa vieja? No lo comprendo.

ÓLGA *(Atónita.)*

Perdón, pero yo tampoco lo comprendo...

NATÁSHA

No tiene por qué seguir aquí. Es una campesina, y donde debe vivir es en el campo. ¡Vaya miramientos que tienes con ella! ¡Quiero tener mi casa como Dios manda! Los que están de sobra no deben seguir en ella. *(Acaricia la mejilla de* ÓLGA.) ¡Ay, pobrecita, qué cansada estás! Nuestra directora de instituto está cansada. ¿Y sabes? Cuando mi Sófochka sea mayor y vaya al instituto te tendré miedo.

ÓLGA

No voy a ser directora.

NATÁSHA

Te elegirán para el cargo, Ólya. La cosa está decidida.

ÓLGA

Renunciaré a él. No puedo. No tengo fuerzas para ello... *(Bebe un poco de agua.)* Acabas de portarte tan groseramente con la *nyánya*... Perdón, pero no puedo soportar eso... Creí que iba a marearme.

NATÁSHA *(Agitada.)*

Perdóname, Ólya, perdóname... No he querido soliviantarte. (MÁSHA *se levanta, coge su almohada y sale enfadada.)*

Ólga
Trata de entenderme, querida. Quizá nos hayan educado a nosotros de una manera extraña, pero eso no lo soporto. Esa manera de tratar a la gente me deprime, me pone mala... Se me cae el alma a los pies.

Natásha
Perdóname, querida, perdóname... *(La besa.)*

Ólga
Cualquier grosería, por pequeña que sea, hasta una sencilla palabra improcedente me saca de quicio.

Natásha
Es verdad. A menudo digo más de lo debido. Pero has de reconocer, querida, que esa vieja debiera vivir en el campo.

Ólga
Lleva ya treinta años con nosotros.

Natásha
¡Pero si ya no puede trabajar! O yo no te comprendo o tú no quieres comprenderme. Ya no sirve para trabajar. No hace más que dormir o estar sentada.

Ólga
Pues que duerma.

Natásha *(Sorprendida.)*
¿Qué es eso de que duerma? ¡Pero si no es más que una criada! *(Entre lágrimas.)* No te comprendo, Ólga. Tengo una nodriza, una *nyánya*, y tenemos doncella, cocinera... ¿De qué nos sirve esa vieja? ¿De qué, vamos a ver?

(Fuera tocan a fuego de nuevo.)

ÓLGA
Esta noche me echo otros diez años encima.

NATÁSHA
Tenemos que ponernos de acuerdo, Ólga. Tú en el instituto y yo en la casa. Tú a cargo de la enseñanza y yo de los asuntos domésticos. Y cuando digo algo acerca de la servidumbre sé lo que me digo... ¡Mañana sale de aquí esa vieja ladrona, esa vieja taimada... *(Da patadas en el suelo.)* esa bruja! ¿Cómo te atreves a irritarme? ¿Cómo te atreves? *(Reportándose.)* La verdad es que si no te mudas a un cuarto de abajo siempre estaremos riñendo. Es horrible.

(Entra KULÝGIN.)

KULÝGIN
¿Dónde está Másha? Ya es hora de que nos vayamos a casa. Dicen que va menguando el incendio. *(Se despereza.)* Sólo se ha quemado una manzana de casas, pero al principio, con el viento que hacía, parecía que iba a arder toda la ciudad. *(Se sienta.)* Estoy rendido. Ólga, cariño... A menudo pienso que, si no me hubiese casado con Másha, me habría casado contigo, Ólga. Eres muy buena persona... Estoy agotado. *(Se pone a escuchar.)*

ÓLGA
¿Qué pasa?

KULÝGIN
Como de propósito, el médico se ha emborrachado de lo lindo. Ya está como una cuba. ¡Como si lo hubiera hecho de propósito! *(Se levanta.)* Sí, me parece que viene aquí... ¿Oyes? Sí, hacia aquí viene... *(Ríe.)* ¡Vaya tipo, la verdad!... Voy a esconderme... *(Va al armario y se mete entre él y el rincón.)* ¡Valiente pillo!

ÓLGA

No ha bebido en dos años y ahora, de repente, vuelve a emborracharse... *(Va con* NATÁSHA *al fondo de la escena.)*

(Entra CHEBUTÝKIN. *Como si no estuviese ebrio, sin tambalearse, va y viene por la habitación, se detiene, mira, luego va al lavabo y empieza a lavarse las manos.)*

CHEBUTÝKIN *(En tono de mal humor.)*

¡Que se vayan al cuerno!..., ¡al cuerno! Se figuran que soy médico y que puedo curar cualquier enfermedad, pero la verdad es que no sé absolutamente nada, que he olvidado todo lo que sabía, que no me acuerdo de nada, de nada absolutamente... (ÓLGA *y* NATÁSHA *salen sin que él lo note.)* ¡Que se vayan al cuerno! El miércoles pasado estuve asistiendo a una mujer en Zásyp. Murió y soy yo quien tiene la culpa de que muriera. Sí... Hace veinticinco años sabía algo, pero ahora no me acuerdo de nada. De nada. Quizá ni siquiera soy una persona, y sólo me imagino que tengo manos, pies y cabeza. Quizá ni siquiera existo, y sólo me parece que ando, como y duermo. *(Llora.)* ¡Oh, si dejara de existir! *(Deja de llorar y prosigue en tono malhumorado.)* ¡Quién demonio sabe!... Anteayer estaban hablando en el club..., estaban hablando de Shakespeare, de Voltaire... Yo no los he leído tampoco, ni un solo renglón, pero puse cara de haberlos leído. Y los otros hicieron lo mismo que yo. ¡Cursilería! ¡Mezquindad! Y esa mujer, la que maté el miércoles, se me representó de nuevo..., todo se me representó, y en el fondo de mi alma me sentí tan perverso, tan corrompido y ruin que fui y me emborraché...

(Entran IRÍNA, VERSHÍNIN *y* TÚZENBACH. *éste último viste de paisano, en traje nuevo y elegante.)*

IRÍNA
Sentémonos aquí, que aquí no vendrá nadie.

VERSHÍNIN
De no haber sido por los soldados, arde toda la ciudad. ¡Qué chicos tan estupendos! *(Se frota las manos de contento.)* La flor y nata de la tierra. ¡Ay, qué chicos tan estupendos!

KULÝGIN *(Acercándose a ellos.)*
¿Qué hora es, señores?

TÚZENBACH
Las tres y pico. Empieza a clarear.

IRÍNA
Todos siguen sentados en el salón y nadie piensa en irse. Y ese Solyóny amigo de ustedes también sigue sentado allí. *(A* CHEBUTÝKIN.) Doctor, debería usted acostarse.

CHEBUTÝKIN
Estoy bien, señorita... Gracias, señorita... *(Se alisa la barba.)*

KULÝGIN *(Riendo.)*
Se ha achispado usted, Iván Románych. *(Le da una palmada en el hombro.)* Es usted un hombre admirable. *In vino veritas,* como decían los antiguos.

TÚZENBACH
Todos me piden que organice un concierto a beneficio de los damnificados.

IRÍNA
Bueno, ¿pero quién?...

TÚZENBACH
Se podría organizar si la gente lo quisiera. En mi opinión, Márya Sergéyevna toca el piano de maravilla.

KULÝGIN
¡Sí, de maravilla!

IRÍNA
Ya lo ha olvidado. Hace ya tres años... o cuatro... que no toca.

TÚZENBACH
Aquí en esta ciudad no hay nadie, lo que se dice nadie, que entienda de música. Pero yo sí entiendo, de veras que entiendo... Y les aseguro a ustedes, palabra de honor, que Márya Sergéyevna toca admirablemente, casi con talento profesional.

KULÝGIN
Tiene usted razón, barón. Yo quiero mucho a Másha. Es una mujer excelente.

TÚZENBACH
¡Tocar tan admirablemente y darse cuenta al mismo tiempo de que nadie lo aprecia! ¡Nadie en absoluto!

KULÝGIN *(Suspirando.)*
Sí... ¿Pero será decoroso que ella toque en el concierto? *(Pausa.)* Yo, señoras y señores, no sé nada de esto. Quizá la cosa resulte bien. Pero debo confesar que, aunque nuestro director es buena persona, incluso excelente persona, tiene unas opiniones... Claro que esto a él no le va ni le viene, pero, en todo caso, yo podría hablar con él, si ustedes quieren.

(CHEBUTÝKIN *coge un reloj de porcelana y lo examina.)*

VERSHÍNIN
Me he puesto perdido de mugre en el incendio, tanto así que no se me puede coger por ningún lado. *(Pausa.)* Anoche oí de pasada que quieren trasladar nuestra brigada a un lugar lejos de aquí. Unos dicen que a Polonia y otros que a Chitá, en Siberia.

TÚZENBACH
Yo también lo he oído. ¡Vaya, hombre! Entonces la ciudad quedará desierta.

IRÍNA
¡También nos iremos nosotras!

CHEBUTÝKIN *(Deja caer el reloj, que se hace añicos.)*
¡Se ha hecho pedazos!

(Pausa. Todos quedan angustiados y confusos.)

KULÝGIN *(Recogiendo los pedazos.)*
¡Romper una cosa tan valiosa! ¡Ay, Iván Románych, Iván Románych! Le voy a poner a usted un cero de conducta por lo que ha hecho.

IRÍNA
Era el reloj de mamá.

CHEBUTÝKIN
Quizá... Bueno, si era de su mamá, pues era de su mamá. Quizá no lo he roto y sólo parece que lo he roto. Quizá sólo parece que existimos y en realidad no existimos. Yo no sé nada, nadie sabe nada. *(Se detiene en la puerta.)* ¿Por qué me miran ustedes? Natásha tiene un pequeño enredo amoroso con Protopópov y ustedes no lo ven... Aquí están ustedes sentados sin ver nada, pero Natásha tiene un pequeño

enredo amoroso con Protopópov... *(Canta.)* «¿No quiere usted un dátil?...» *(Sale.)*

VERSHÍNIN

Sí... *(Ríe.)* ¡La verdad es que todo esto es muy raro! *(Pausa.)* Cuando empezó el incendio fui a casa a todo correr. Luego, miro y veo que la casa está intacta, que no ha sufrido daño alguno y que está fuera de la zona de peligro. Pero mis dos hijitas estaban en el portal, en paños menores. Su madre no estaba allí, la gente andaba de la ceca a la meca, pasaban corriendo caballos y perros, y en las caras de mis nenas lo que vi era alarma, terror, súplica; en fin, no sé qué más. Se me cayó el alma a los pies cuando vi esas caras. Y pensé: ¡Dios mío, lo que tendrán que aguantar todavía estas niñas en el curso de su vida! Las cogí en brazos y salí corriendo, sin pensar más que en eso. ¡Lo que tendrán que aguantar aún en este mundo! *(Suena la campana de alarma. Pausa.)* Llego aquí, y aquí me encuentro a la madre... furiosa y gritando. (MÁSHA *entra con una almohada y se sienta en el sofá.)* Y cuando mis nenas estaban en el portal, en paños menores, y la calle estaba toda roja con el resplandor del fuego y el estruendo era terrible, pensé que algo parecido habrá ocurrido hace muchos años, cuando llegaba el enemigo de repente, y asaltaba, y saqueaba, y quemaba. Pero, a decir verdad, ¡qué diferencia entre lo de ahora y lo de entonces! Y pasará algún tiempo todavía, digamos doscientos o trescientos años, y la gente mirará del mismo modo nuestra vida de hoy, con terror y con escarnio. Todo lo de ahora le parecerá angosto, pesado, incómodo, extraño. ¡Oh, qué vida será ésa, qué vida! *(Ríe.)* Perdonen ustedes, ya he vuelto a mis filosofías..., pero déjenme seguir, señoras y señores. Tengo unas ganas enormes de filosofar. Ése es ahora mi estado de ánimo. *(Pausa.)* Se diría que todos ustedes están dormidos. Y, como iba diciendo, ¡qué vida será ésa! No tienen más que figurársela. En este momento no hay más que tres personas como ustedes en toda la ciudad, pero en las generaciones futuras habrá más, cada vez más, y llegará el momento en que todo adoptará el estilo de ustedes, y la gente vivirá como viven ustedes; pero ya para entonces incluso el estilo de ustedes parecerá anticuado. Y nacerá gente mejor que ustedes... *(Ríe.)* Hoy estoy de un humor especial... Tengo unas ganas inmensas de vivir... *(Canta.)*

«Todas las edades obedecen al amor,
sus arrebatos son prueba de salud...»

MÁSHA
Tará-tará-tará...

VERSHÍNIN
Turú-turú-turú...

MÁSHA
¿Tra-la-lá?

VERSHÍNIN
Tra-la-lá. *(Ríe.)*

(Entra FEDÓTIK.)

FEDÓTIK *(Bailando.)*
¡Quemado, quemado! ¡Todo se me ha quemado! *(Risa general.)*

IRÍNA
Eso no es cosa de risa. ¿Se ha quemado todo?

FEDÓTIK *(Riendo.)*
Todo, todo. No queda nada. Mi guitarra se ha quemado, mi material fotográfico se ha quemado, y todas mis cartas. In-

cluso el cuadernito que quería regalarle también se ha quemado.

(*Entra* SOLYÓNY.)

IRÍNA
No. Por favor, váyase, Vasíli Vasílych. Le está prohibido entrar aquí.

SOLYÓNY
¿Entonces por qué puede entrar el barón y yo no?

VERSHÍNIN
De veras, tenemos que irnos. ¿Cómo va el incendio?

SOLYÓNY
Dicen que se va apagando. Pues sí, me extraña mucho que el barón pueda estar aquí y yo no. *(Sáca un frasco de perfume y se echa una rociada.)*

VERSHÍNIN
Tra-la-lá.

MÁSHA
Tra-la-lá.

VERSHÍNIN *(Riendo, a* SOLYÓNY.)
Vamos al salón de baile.

SOLYÓNY
Muy bien. Tomaremos buena nota de ello.

«Quizá se aclare esa idea, si no me canso,
pero temo que con ello se irrite el ganso...»

(Mirando a TÚZENBACH.) Cuac, cuac, cuac. *(Sale con* VERSHÍNIN *y* FEDÓTIK.)

IRÍNA

¡Hay que ver el humo que ha dejado en la sala ese Solyóny!... *(Con perplejidad.)* El barón se ha dormido. ¡Barón, barón!

TÚZENBACH

Estoy cansado, la verdad... La fábrica de ladrillos... No estoy soñando en voz alta, pero sí es verdad que iré pronto a la fábrica de ladrillos y empezaré a trabajar... Ya he hablado con ellos. *(A* IRÍNA, *con ternura.)* Está usted tan pálida, tan hermosa, tan encantadora... Se diría que su palidez ilumina la oscuridad que la rodea como si fuese una luz... Está usted triste, descontenta de la vida... ¡Oh, véngase conmigo! ¡Véngase y trabajaremos juntos!

MÁSHA

Nikolái Lvóvich, váyase de aquí.

TÚZENBACH *(Riendo.)*

¿Está usted aquí? No la había visto. *(Besa la mano a* IRÍNA.) Adiós, me voy. La miro ahora y me acuerdo de aquel día del santo de usted, hace ya mucho tiempo, en que hablaba usted de las alegrías del trabajo y estaba animada y alegre... ¡Qué vida tan feliz me imaginaba yo entonces! ¿Dónde ha ido a parar? *(Le besa la mano.)* Tiene usted lágrimas en los ojos. Acuéstese y duerma, que ya clarea el día... Ya llega la mañana... ¡Ah, si al menos pudiera dar mi vida por usted!

MÁSHA

¡Nikolái Lvóvich, váyase! La verdad es que...

TÚZENBACH

Ya me voy... *(Sale.)*

MÁSHA *(Acostándose.)*
¿Estás dormido, Fyódor?

KULÝGIN
¿Eh?

MÁSHA
Que debes irte a casa.

KULÝGIN
Mi querida Másha, mi preciosa Másha...

IRÍNA
Está cansada, Fyéda. Más vale que la dejes descansar.

KULÝGIN
Me voy en seguida... Esposa mía, esposa buena... Te quiero, te quiero a ti sola...

MÁSHA *(Sulfurada.)*
Amo, amas, amat, amamus, amatis, amant.

KULÝGIN *(Riendo.)*
¡De veras que es una mujer maravillosa!... Llevo ya siete años casado contigo y me parece que la boda fue ayer. Palabra de honor. No, de veras, eres una mujer maravillosa. Estoy contento, contento, contento.

MÁSHA
¡Y yo aburrida, aburrida, aburrida!... *(Se incorpora y habla sentada.)* Oye algo que no se me quita de la cabeza. Es como un clavo que tengo metido en ella; no puedo callar más. Me refiero a Andréi... Ha hipotecado esta casa en el banco y su mujer se ha quedado con todo el dinero. ¡Y como sabéis la casa no es de su exclusiva propiedad, sino de los cuatro! Debiera darse cuenta, si tiene una pizca de honradez.

KULÝGIN

Basta ya, Másha. ¿A ti qué te importa? Andréi debe dinero a todo el mundo. En fin, que Dios le ayude.

MÁSHA

En todo caso, es escandaloso. *(Se acuesta.)*

KULÝGIN

Nosotros no somos pobres. Yo estoy trabajando, voy al instituto, luego doy lecciones particulares... Soy un hombre honrado, un hombre sencillo. *Omnia mea mecum porto*, como reza el adagio.

MÁSHA

Yo no necesito nada, pero me subleva la injusticia. *(Pausa.)* Hala, vete, Fyódor.

KULÝGIN *(Besándola.)*

Estás rendida. Descansa un ratito... Yo me voy a casa y te espero allí. Duérmete... *(Se dirige a la puerta.)* Estoy contento, contento, contento... *(Sale.)*

IRÍNA

La verdad es que nuestro Andréi está hecho un guiñapo. ¡Qué flaco y avejentado está desde que vive con esa mujer! Hubo un tiempo en que se estuvo preparando para profesor, y, sin embargo, ayer se ufanaba de que por fin ha llegado a ser miembro del Consejo de Distrito. Miembro de un Consejo del que Protopópov es presidente... Toda la ciudad habla de ello, se ríe de él, y él es el único que no sabe nada, que no ve nada... Y cuando todo el mundo acudía al incendio, él se quedó sentado en su cuarto sin hacer caso... tocando el violín. *(Nerviosamente.)* ¡Oh, es horrible, horrible, horrible! *(Llora.)* ¡No puedo aguantarlo más! ¡No puedo, no puedo! *(Entra* ÓLGA *y arregla algo alrededor de su mesilla de noche.* IRÍNA *solloza ruidosamente.)* ¡Echadme de aquí, echadme de aquí, porque ya no puedo más!

ÓLGA
¿Pero qué te pasa? ¿Qué te pasa, cariño?

IRÍNA
¿Adónde? ¿Adónde ha ido a parar todo? ¿Dónde está? ¡Ay, Dios mío, Dios mío! He olvidado todo, lo he olvidado. Tengo la cabeza hecha un lío. Ni siquiera recuerdo cómo se dice «ventana» o «techo» en italiano. Todo se me olvida, cada día se me olvida algo, y la vida pasa, y nunca volverá, nunca jamás. Y nunca iremos a Moscú... Veo bien que no iremos nunca...

ÓLGA
Querida, cariño...

IRÍNA *(Tratando de contenerse.)*
¡Ay, qué infeliz soy!... ¡No puedo trabajar, no voy a trabajar!... Ya tengo bastante. Primero estuve trabajando en telégrafos y ahora trabajo en el Consejo Municipal, y detesto y desprecio lo que me piden que haga... Tengo ya veintitrés años, llevo mucho tiempo trabajando, y se me está secando el cerebro. Sé que he adelgazado, que estoy vieja y fea, y nada me satisface. Y pasa el tiempo y me parece que me voy alejando de la vida buena y genuina, que me voy alejando cada vez más y voy cayendo en una especie de abismo. Estoy desesperada, y lo que no comprendo es por qué sigo viva todavía, por qué no me he matado ya...

ÓLGA
No llores, niña mía, que yo también sufro.

IRÍNA
Ya no estoy llorando. Basta ya. Ya ves que no estoy llorando... Basta, basta ya.

ÓLGA

Cariño, voy a hablarte como hermana, como una amiga. Si quieres mi consejo, cásate con el barón. (IRÍNA *llora calladamente.)* Porque bien se ve que lo respetas, que tienes muy buena opinión de él... Verdad que no es guapo, pero es un hombre honrado y honesto... Ya sabes que la gente no se casa por amor, sino para cumplir un deber... Al menos eso creo yo, y yo me casaría aun sin amor, con tal de que fuese con una persona honrada. Hasta me casaría con un viejo...

IRÍNA

Llevo esperando todo este tiempo, pensando que nos iríamos a vivir a Moscú, y que allí conocería al hombre conveniente. He soñado con él y hasta he llegado a quererlo en sueños. Pero ahora resulta que eso es una tontería... una tontería...

ÓLGA *(Abrazando a su hermana.)*

¡Cariño mío! ¡Hermana mía! Lo comprendo todo. Cuando el barón Nikolái Lvóvich se dio de baja en el ejército y vino a vernos en traje de paisano me pareció tan feo que hasta me eché a llorar.... Él me preguntó que por qué lloraba... ¿Y yo qué iba a decirle? Pero si es voluntad de Dios que se case contigo me sentiría feliz. Ya ves que la cosa es diferente, completamente diferente.

(NATÁSHA, *llevando una bujía, cruza la escena, entrando por la puerta de la derecha y saliendo por la de la izquierda. No dice nada.)*

MÁSHA *(Incorporándose y sentándose.)*

Así anda, como si hubiera sido ella la que prendió el fuego.

ÓLGA

Eres tonta, Másha. Tú eres la más tonta de nuestra familia Perdona por decírtelo. *(Pausa.)*

MÁSHA

Tengo algo que confesaros, queridas hermanas. Algo que me viene royendo las entrañas. Os lo confesaré sólo a vosotras dos, y ya nunca más, a nadie... Os lo digo en seguida. *(En voz queda.)* Es un secreto, pero vosotras debéis saberlo... Ya no puedo callar más. *(Pausa.)* Estoy enamorada, enamorada... Quiero a ese hombre... Acabáis de verle... En fin, ¿para qué seguir? En una palabra, quiero a Vershínin...

ÓLGA *(Pasa al otro lado del biombo.)*

Cierra la boca. En todo caso, no quiero oírlo.

MÁSHA

¿Pero qué voy a hacer? *(Se coge la cabeza con las manos.)* Al principio me parecía un hombre raro, luego empecé a tenerle lástima... Luego empecé a enamorarme de él..., me enamoré de su voz, de sus palabras, de sus desgracias, de sus dos hijitas...

ÓLGA *(De detrás del biombo.)*

No me importa. No quiero oírlo. No me importan las estupideces que digas. No te escucho.

MÁSHA

La tonta eres tú, Ólga. Si le quiero... es porque ése es mi sino. La cosa no tiene remedio... Y él también me quiere a mí... Todo esto es terrible, ¿verdad? No es nada bonito, ¿verdad que no? *(Tira de la mano a* IRÍNA *para atraérsela.)* ¡Oh, querida mía!... ¿Cómo vamos a vivir lo que nos queda de vida? ¿Qué será de nosotras? Cuando lees una novela, todo esto parece anticuado, cosa sabida; pero si eres tú misma la que te enamoras, entonces ves de pronto, con tus propios ojos, que nadie sabe nada y que cada cual tiene que decidir por su cuenta... ¡Queridas hermanas mías!... Os lo he confesado todo y ahora me callo... De aquí en adelante seré como aquel loco del cuento de Gógol... ¡silencio..., silencio!...

(*Entra* ANDRÉI *seguido de* FERAPÓNT.)

ANDRÉI *(Irritado.)*
¿Pero qué quieres? No te entiendo.

FERAPÓNT *(Desde la puerta, con impaciencia.)*
Ya se lo he dicho diez veces, Andréi Sergéich.

ANDRÉI
En primer lugar, no soy Andréi Sergéich para ti, sino Vuestra Señoría.

FERAPÓNT
Los bomberos, Vuestra Ilustrísima, preguntan si se les permite cruzar por el jardín para llegar al río. Hasta ahora van allí dando un rodeo y hacerlo así es una paliza.

ANDRÉI
Bueno, diles que está bien. *(Sale* FERAPÓNT.) ¡Qué pelmazos! ¿Dónde está Ólga? (ÓLGA *sale de detrás del biombo.)* Vengo a pedirte la llave del aparador, porque he perdido la mía. Tú tienes una: esa pequeñita. (ÓLGA, *en silencio, le da la llave.* IRÍNA *se mete detrás de su biombo.)* ¡Qué incendio tan horrible! Pero ya se va extinguiendo. Ese Ferapónt, ¡maldita sea!, me ha irritado y le he dicho una tontería..., que me llame Vuestra Señoría... *(Pausa.)* ¿Por qué estás tan callada, Ólya? *(Pausa.)* Ya es hora de dejarse de idioteces y de poner mal ceño. No hay motivo para ello. ¿Tú, Másha, estás aquí? Irína también. Pues bien, ¡mejor que mejor! Así pondremos las cosas en claro de una vez para siempre. ¿Qué es lo que tenéis contra mí, vamos a ver?

ÓLGA

Déjate de eso, ahora, Andryúsha. Ya hablaremos mañana. *(Agitada.)* ¡Qué noche tan atroz!

ANDRÉI *(Muy confuso.)*

No te sofoques. Yo te pregunto con toda calma qué es lo que tenéis contra mí. A ver, hablad claro.

(La voz de VERSHÍNIN: «*Tra-la-lá*».*)*

MÁSHA *(Se levanta y dice en voz alta.)*

¡Tra-la-lá! *(A* ÓLGA.*)* Adiós, Ólya. Quédate con Dios. *(Va tras el biombo y besa a* IRÍNA.*)* Que duermas bien... Adiós, Andréi. Anda, vete, que están cansadas... Mañana se hablará. *(Sale.)*

ÓLGA

Sí, Andryúsha, dejémoslo para mañana... *(Va tras su biombo.)* Es hora de dormir.

ANDRÉI

Sólo quiero decir una cosa, y luego me voy. En seguida... En primer lugar, tenéis algo contra mi mujer, contra Natásha. Lo vengo notando desde el mismo día de mi boda. Natásha es una mujer excelente y honesta, una mujer pundonorosa y honrada... Ésa es mi opinión. Quiero y respeto a mi mujer, ¿os enteráis? La respeto y exijo que los demás también la respeten. Repito que es pundonorosa y honrada y que todas vuestras quejas de ella son, con perdón, figuraciones vuestras. *(Pausa.)* En segundo lugar, vosotras por lo visto estáis enfadadas porque no soy profesor y no me dedico a trabajos académicos. Pero estoy trabajando en la administración local y soy miembro del Consejo de Distrito, y considero que lo que hago es tan honorable y valioso como el trabajo académico... Soy miembro del Consejo de Distrito ¡y a mucha honra, para que lo sepáis!... En tercer lugar..., tengo otra cosa que deciros... He hipotecado la casa sin haberos pedido permiso... De eso sí tengo la culpa, lo confieso, y os pido perdón. Mis deudas me han obligado a ello..., treinta y cinco mil rublos. Ya no juego a las cartas, hace tiempo que ya no juego... Pero lo que puedo alegar para justificarme es que vosotras recibís una pensión y yo no recibo nada.... no tengo ingresos, por así decirlo... *(Pausa.)*

KULÝGIN *(Desde la puerta.)*
¿No está ahí Másha? *(Alarmado.)* ¿Por dónde andará? Cosa rara... *(Sale.)*

ANDRÉI
¿Conque no escucháis? Natásha es una mujer excelente y honesta. *(Deambula en silencio por la escena; luego se detiene.)* Cuando me casé pensé que íbamos a ser felices..., todos felices... Pero, ¡ay, Dios mío!... *(Llora.)* Mis queridas hermanas, mis buenas hermanas, no creáis lo que os digo, no lo creáis. *(Sale.)*

KULÝGIN *(Desde la puerta, alarmado.)*
¿Dónde estará Másha? ¿No está Másha ahí? ¡Cosa más rara! *(Sale.)*

(Campana de alarma. La escena está vacía.)

IRÍNA *(De detrás del biombo.)*
Ólya, ¿quién está dando golpes en el suelo?

ÓLGA
Es el doctor Iván Románych. Está borracho.

IRÍNA
¡Qué noche tan movida! *(Pausa.)* ¡Ólya! *(Asomándose por detrás del biombo).* ¿Has oído? Se llevan a la brigada y la mandan a un sitio muy lejos de aquí.

ÓLGA

Eso no es más que un rumor.

IRÍNA

Nos quedaremos solas entonces... ¡Ólya!

ÓLGA

Bueno, ¿qué?

IRÍNA

Oye, cariño. Yo respeto y aprecio al barón. Es una persona excelente. Y consiento en casarme con él, con tal de que nos vayamos a Moscú. ¡Vámonos allí, te lo imploro! No hay sitio mejor en el mundo que Moscú, Ólya. ¡Vámonos allí, vámonos!

TELÓN

Acto cuarto

El viejo jardín de la casa de los PRÓZOROV. *Larga fila de abetos al final de la cual se divisa el río. Un bosque al otro lado del río. A la derecha, la terraza de la casa; en ella, una mesa con botellas y vasos; es evidente que se acaba de beber champaña. Mediodía. De vez en cuando atraviesa el jardín gente que va de la calle al río; pasan deprisa cinco o seis soldados.* CHEBUTÝKIN, *en excelente disposición de ánimo, que no le abandona durante todo el acto, está sentado en un sillón en el jardín esperando a que lo llamen. Lleva gorra militar y bastón.* IRÍNA, KULÝGIN, *con condecoración al cuello y sin bigote, y* TÚZENBACH *están de pie en la terraza despidiéndose de* FEDÓTIK *y* RODÉ, *que bajan de ella, ambos militares visten uniforme de marcha.*

TÚZENBACH *(Abrazando a* FEDÓTIK.)
Es usted una buena persona, Fedótik. Usted y yo hemos hecho buenas migas. *(Abraza a* RODÉ.) Una vez más... ¡Adiós, amigos míos!

IRÍNA
¡Hasta la vista!

FEDÓTIK
No «hasta la vista», sino adiós ¡Ya no volveremos a vernos!

KULÝGIN
¿Quién sabe? *(Se seca los ojos y sonríe.)* Vaya por Dios, ya estaba a punto de llorar.

IRÍNA
Alguna vez nos veremos.

FEDÓTIK
Quizá dentro de diez o quince años. Pero entonces apenas nos reconoceremos y nos saludaremos con frialdad...

(Toma una foto.) Esperen un momento... Una más, la última.

RODÉ *(Abrazando a* TÚZENBACH.)
Ya no nos volveremos a ver... *(Besa la mano a* IRÍNA.) ¡Gracias por todo, por todo!

FEDÓTIK *(Con enfado.)*
¡Pero espera un segundo!

TÚZENBACH
Nos veremos, si Dios quiere. Escribid. No dejéis de hacerlo.

RODÉ *(Echando una ojeada al jardín.)*
¡Adiós, árboles! *(Grita.)* ¡Jop, jop! *(Breve pausa.)* ¡Adiós, eco!

KULÝGIN
No me chocaría que te casaras en Polonia... Tu mujer polaca te echará los brazos al cuello y te dirá: *¡Kohane!*, que significa «amor mío» en polaco. *(Ríe.)*

FEDÓTIK *(Mirando su reloj.)*
Falta menos de una hora. Solyóny es el único de nuestra batería que va por el río en el lanchón. Los demás marchamos en formación. Hoy salen tres baterías y mañana otras tres. Y en la ciudad todo será silencio y sosiego.

TÚZENBACH
Y aburrimiento de marca mayor.

RODÉ
¿Pero dónde está Márya Sergéyevna?

KULÝGIN
Másha está en el jardín.

FEDÓTIK
Queremos despedirnos de ella.

RODÉ
Adiós. Me voy, que si no me echo a llorar... *(Abraza apresurado a* TÚZENBACH *y a* KULÝGIN *y besa la mano de* IRÍNA.) Lo hemos pasado divinamente aquí...

FEDÓTIK *(A* KULÝGIN.)
Esto es un recuerdo para usted..., un cuadernito con un lápiz... Iremos al río por aquí... *(Salen* FEDÓTIK *y* RODÉ *mirando hacia atrás.)*

RODÉ *(Grita.)*
¡Jop, jop!

KULÝGIN *(Grita.)*
¡Adiós!

(En el fondo de la escena, FEDÓTIK *y* RODÉ *se encuentran con* MÁSHA *y se despiden de ella; ella sale acompañándolos.)*

IRÍNA

Se han ido... *(Se sienta en el escalón más bajo de la terraza.)*

CHEBUTÝKIN

Y han olvidado despedirse de mí.

IRÍNA

Pero ¿y usted?

CHEBUTÝKIN

¡Ah, sí, claro! Yo lo olvidé también. Pero, no importa, los veré pronto. Me voy mañana... Sí, sólo un día más... Dentro de un año me darán el retiro y volveré aquí para pasar con ustedes lo que me quede de vida... Sólo me falta un año para cobrar mi pensión... *(Se mete un periódico en el bolsillo y saca otro.)* Estaré de nuevo aquí con ustedes y cambiaré radicalmente de vida... Me volveré amable, tranquilo, apacible, correcto...

IRÍNA

Y buena falta que le hace cambiar, amigo. Del modo que sea.

CHEBUTÝKIN

Sí... Me doy cuenta de ello. *(Canturrea por lo bajo.)* Tarará... bumba... sentado en la tumba...

KULÝGIN

¡Es usted incorregible, Iván Románovich, incorregible!

CHEBUTÝKIN

Sí. Debería usted darme lecciones. De ese modo podría corregirme.

IRÍNA

Fyódor se ha afeitado el bigote. No puedo mirarle.

KULÝGIN

¿Por qué no?

CHEBUTÝKIN

Si pudiese decirle qué parece ahora la cara de usted..., pero no me atrevo.

KULÝGIN

En fin, así se hacen las cosas. Es un *modus vivendi.* Nuestro director se afeitó el bigote y yo también me lo afeité cuando me nombraron inspector. A nadie le gusta, pero a mí me da igual. Estoy contento. Con bigote o sin él, estoy contento. *(Se sienta.)*

(Por el fondo del jardín pasa ANDRÉI *empujando un cochecito con un niño dormido.)*

IRÍNA

Iván Románych, mi buen amigo, estoy preocupadísima. Usted estuvo en el bulevar ayer. Dígame, ¿qué pasó allí?

CHEBUTÝKIN

¿Qué pasó? Pues nada. Una tontería. *(Lee el periódico.)* No tiene la menor importancia.

KULÝGIN

Dicen que Solyóny y el barón se encontraron en el bulevar junto al teatro...

TÚZENBACH

¡No diga más! Vamos a ver, ¿de qué sirve...? *(Hace con la mano gesto de quitar importancia a la cosa y entra en la casa.)*

KULÝGIN

Junto al teatro... Solyóny empezó a buscarle las cosquillas al barón. El barón no pudo aguantarlo y le dijo algo insultante...

CHEBUTÝKIN
No sé. En fin, será una futesa.

KULÝGIN
Una vez, en una escuela, el maestro escribió la palabra «futesa» en la composición de un alumno y éste creyó que se trataba de una palabra latina... *(Ríe.)* Aquello fue de lo más divertido. Dicen que Solyóny está enamorado de Irína y que por eso, al parecer, odia al barón... Lo cual se comprende. Irína es una muchacha estupenda. Incluso se parece un poco a Másha en que queda absorta en sus propios pensamientos. Sólo que tú, Irína, eres más suave de carácter. Aunque Másha también tiene muy buen carácter. Yo la quiero. Sí, señor, quiero a mi Másha.

(Del fondo de la escena llega un grito: ¡Top, Top!)

IRÍNA *(Estremecida.)*
Hoy parece que todo me asusta. *(Pausa.)* Ya lo tengo todo listo, y después de la comida lo voy a mandar. Mañana me caso con el barón, y mañana mismo nos vamos a la fábrica de ladrillos. Pasado mañana empezaré a trabajar en la escuela y será el principio de una nueva vida, si Dios quiere. Cuando me examiné para maestra estuve llorando de alegría, de pura alegría... *(Pausa.)* Ahora vendrá el carro para recoger mis cosas...

KULÝGIN
Sí, todo eso está bien, pero por algún motivo no me parece serio. No son más que figuraciones, nada verdaderamente serio. En todo caso te deseo lo mejor de lo mejor.

CHEBUTÝKIN *(Con ternura.)*
Mi amiga querida, mi niña preciosa... Me lleva usted tanta delantera que no podré alcanzarla. Me he quedado atrás,

como un ave de paso que de vieja ya no puede volar. ¡Vuelen ustedes, queridos míos, vuelen ustedes y que Dios les acompañe! *(Pausa.)* Es inútil que se haya afeitado usted el bigote, Fyódor Ilyích.

KULÝGIN

¡Basta ya, hombre! *(Suspira.)* Conque hoy se van los militares y todo volverá a estar como antes. En fin, a pesar de lo que diga la gente, Másha es una esposa buena y fiel. La quiero mucho y me congratulo de mi buena suerte... La suerte de cada cual es diferente... Por ejemplo, aquí, en la Oficina de Recaudación hay un empleado, un tal Kózyrev. Fue condiscípulo mío y lo expulsaron del quinto año de instituto porque nunca llegó a comprender esa locución sintáctica latina que se denomina *ut consecutivum.* Hoy día está en la miseria, enfermo, y cada vez que tropiezo con él le digo: «¡Hola, *ut consecutivum!*». Y él me contesta: «¡Sí, precisamente, *consecutivum!*». Y empieza a toser... Yo, por otra parte, he tenido suerte toda mi vida. Soy feliz, me han concedido la Orden de Stanislav, segunda clase, y ahora enseño a otros ese mismo *ut consecutivum.* Claro que soy listo, más listo que otros muchos, pero la felicidad no consiste sólo en eso...

(En la casa alguien toca en el piano «La oración de la doncella».)

IRÍNA

Y mañana a la noche ya no tendré que escuchar esa «Oración de la doncella», ni tendré que encontrarme con Protopópov... *(Pausa.)* A propósito, Protopópov está ahí, en la sala. Ha venido hoy también...

KULÝGIN

¿No ha vuelto todavía la directora del instituto?

IRÍNA

No. Han mandado a buscarla. Si supiera usted lo difícil que es estar aquí sola, sin Ólya... Ella, como directora, vive ahora en el instituto y está ocupada todo el santo día. Y yo estoy aquí sola, aburrida, sin nada que hacer, odiando la habitación en que vivo... Así pues, he tomado una decisión, y es que si la suerte no quiere que viva en Moscú, tendré que aguantarme. Es sencillamente mi suerte y no hay nada que hacer... Todo depende de la voluntad de Dios, y ésa es la verdad. Nikolái Lvóvich ha pedido mi mano... Pues bien lo he pensado y lo tengo decidido. Es un hombre tan bueno, tan excepcionalmente bueno... Y de repente ha sido como si me hubieran salido alas en el alma. Me he sentido más animada, más a gusto, y me han entrado ganas de trabajar, sí, de trabajar... Pero algo pasó ayer y siento que algo misterioso me amenaza...

CHEBUTÝKIN

¡Figuraciones! ¡Tonterías!

NATÁSHA *(Hablando por la ventana.)*

¡Aquí viene la directora!

KULÝGIN

Ha llegado la directora. Entremos en la casa.

(Entra en la casa con IRÍNA.*)*

CHEBUTÝKIN *(Leyendo el periódico y cantando por lo bajo.)*

Ta-ra-rá... bum-bi-yá... sentado en la tum-bi-yá...

(Se le acerca MÁSHA; *por el fondo de la escena pasa* ANDRÉI *empujando un cochecito de niño.)*

MÁSHA
Aquí lo tienen sentado; y muy comodón que está...

CHEBUTÝKIN
¿Y por qué no?

MÁSHA *(Sentándose.)*
Por nada. *(Pausa.)* ¿Estaba usted enamorado de mi madre?

CHEBUTÝKIN
Sí, mucho.

MÁSHA
¿Y ella de usted?

CHEBUTÝKIN *(Tras la pausa.)*
De eso ya no me acuerdo.

MÁSHA
¿Está mi hombre aquí? Así solía llamar Márfa, nuestra cocinera, a su marido, que era policía: mi hombre. ¿Está aquí mi hombre?

CHEBUTÝKIN
Todavía no.

MÁSHA
Cuando una persona tiene que tomar la felicidad a ratos, en pequeñas dosis, como a mí me pasa, empieza a embastecerse poco a poco, a enfurecerse... *(Apuntándose al pecho.)* Aquí hay algo que me está hirviendo ahora... *(Mirando a su hermano* ANDRÉI, *que vuelve a cruzar la escena con el cochecito.)* Ahí está Andréi, nuestro querido hermano... Todas nuestras esperanzas se han desvanecido. Igual que cuando millares de personas levantan una campana para

ponerla en lo alto de una torre; se pone en ello mucho dinero y trabajo, pero de pronto se derrumba la campana y se hace añicos. De pronto, sin más ni más. Eso mismo le ha pasado a Andréi...

ANDRÉI
¿Cuándo van por fin a calmarse en casa? ¡Pues no es nada el ruido que están metiendo!

CHEBUTÝKIN
Pronto. *(Mirando su reloj.)* Mi reloj es de los antiguos; da la hora y todo... *(Da cuerda al reloj y éste da la hora.)* A la una en punto se van tres baterías: la primera, la segunda y la tercera... *(Pausa.)* Y yo me voy mañana.

ANDRÉI
¿Para siempre?

CHEBUTÝKIN
No sé. Quizá vuelva por aquí al cabo de un año. Aunque quién demonio sabe... No importa...

(Se oye, como si viniera de lejos, el sonido de un arpa y un violín.)

ANDRÉI
La ciudad se quedará desierta. Y como si le hubiesen puesto un gorro de dormir. *(Pausa.)* Algo pasó ayer cerca del teatro. Todo el mundo habla de ello, pero yo no sé lo que fue.

CHEBUTÝKIN
No fue gran cosa. Una estupidez. Solyóny empezó a buscarle las cosquillas al barón. El barón perdió la paciencia y le insultó, y aquello acabó en que Solyóny se vio obligado a

retarle a un duelo. *(Mirando el reloj.)* Parece que ya va siendo hora... A las doce y media, en el bosquecillo que está allí, véanlo, al otro lado del río... ¡Pum-pum! *(Ríe.)* Solyóny se figura que es Lérmontov, y hasta escribe versos. Pero, bromas aparte, éste es ya su tercer duelo.

MÁSHA
¿De quién es el tercer duelo?

CHEBUTÝKIN
De Solyóny.

MÁSHA
¿Y el barón?

CHEBUTÝKIN
¿Qué hay del barón?

(Pausa.)

MÁSHA
Tengo la cabeza revuelta... De todos modos, digo que no debieran permitirlo. Puede herir al barón o incluso matarle.

CHEBUTÝKIN
El barón es una buena persona, pero un barón más o menos, ¿qué más da? ¡Allá ellos! Es igual. *(Tras el jardín se oyen gritos de «¡Au!» y ¡Jop, jop!».)* Que espere. El que grita es Skvortsóv, uno de los padrinos. Está sentado en una lancha. *(Pausa.)*

ANDRÉI
A mi modo de ver, participar en un duelo, o estar presente en él, incluso en calidad de médico, es sencillamente inmoral.

CHEBUTÝKIN

Eso es sólo en apariencia... Nosotros no estamos aquí, nada existe en este mundo, tampoco existimos nosotros y sólo nos parece que existimos... En todo caso, ¿qué más da?

MÁSHA

¡Palabras, palabras, palabras, y así todo el santo día! *(Disponiéndose a salir.)* Tener que vivir en un clima como éste, donde en cualquier momento puede empezar a nevar, y encima de eso tener que oír ese parloteo... *(Se detiene.)* No entro en esa casa, no puedo entrar en ella... Cuando llegue Vershínin, avísenme... *(Se aleja por la avenida.)* Y las aves de paso ya van volando... *(Mirando hacia arriba.)* Cisnes o gansos... Mis queridos pájaros, mis pájaros felices... *(Sale.)*

ANDRÉI

Nuestra casa quedará vacía. Se van los militares, se irá usted, mi hermana se casará y yo me quedaré solo aquí.

CHEBUTÝKIN

¿Pero y su esposa?

(FERAPÓNT *entra con unos papeles.)*

ANDRÉI

Mi esposa es mi esposa. Una mujer honrada, decente... En suma, buena. Pero hay algo en ella que la rebaja y la pone al nivel de un animal..., algo mezquino, ciego y duro de pelleja. En todo caso, no es un ser humano. Le hablo a usted como a un amigo, como a la única persona a quien puedo revelarle lo que llevo en el alma. Quiero a Natásha, eso sí; pero a veces me parece absolutamente vulgar. Y entonces me siento perdido y no comprendo por qué, ni por qué motivo la quiero o, al menos, la quise en un tiempo...

CHEBUTÝKIN *(Levantándose.)*

Yo, amigo mío, me marcho mañana y quizá no volvamos a vernos nunca. Así pues, voy a darte un consejo. Ponte el sombrero, coge el bastón y vete de aquí... Vete de aquí sin mirar atrás. Y cuanto más lejos, mejor.

(SOLYÓNY *cruza por el fondo de la escena acompañado de dos oficiales; al ver a* CHEBUTÝKIN *se dirige a él; los oficiales continúan su camino.)*

SOLYÓNY

Doctor, ya es hora. Ya son las doce y media. *(Saluda a* ANDRÉI.)

CHEBUTÝKIN

Un momento. Estoy hasta la coronilla de todos ustedes. *(A* ANDRÉI.) Andryúsha, si alguien pregunta por mí, di que vuelvo en seguida... *(Suspira.)* ¡Oh, jo, jo, jo!

SOLYÓNY

«Antes de poder darse cuenta de aquello ya le tiene el oso agarrado por el cuello.» *(Sale con él.)* ¿De qué se queja usted, viejo?

CHEBUTÝKIN

¡Vamos, hombre!

SOLYÓNY

¿Qué tal va esa salud?

CHEBUTÝKIN *(Con sarcasmo.)*

Como una seda.

SOLYÓNY

No hay que ponerse de morros, viejo, que no voy a extralimitarme. Sólo le chamuscaré las alas un poco, como a una perdiz. *(Saca un frasco de perfume y se rocía las manos.)* He usado hoy todo un frasco y aún me huelen las manos. Huelen como las de un cadáver. *(Pausa.)* Pues sí, señor... ¿Recuerda usted esos versos de Lérmontov:

«Y él, rebelde, busca la tormenta,
como si en ella se hallase la paz...».

CHEBUTÝKIN
Sí.
«Antes de poder darse cuenta de aquello
ya le tiene el oso agarrado por el cuello.» *(Sale con* SOLYÓNY.*)*

(Se oyen gritos: «¡Au! ¡Jop, jop!» Entran ANDRÉI *y* FERAPÓNT.*)*

FERAPÓNT
Hay que firmar los papeles...

ANDRÉI *(Nervioso.)*
¡Déjame en paz! ¡Por favor, déjame en paz! *(Sale con el cochecito.)*

FERAPÓNT
¿Para qué sirven los papeles si no se firman? *(Sale por el fondo de la escena.)*

(Entran IRÍNA *y* TÚZENBACH*, éste en sombrero de paja.* KULÝGIN *cruza la escena gritando: «¡Au, Másha, au!».)*

TÚZENBACH
Parece que es el único de la ciudad que se alegra de que se vaya el ejército.

IRÍNA
Y bien se comprende por qué. *(Pausa.)* Ahora la ciudad se quedará vacía.

TÚZENBACH *(Mirando su reloj.)*
Vuelvo en seguida, cariño.

IRÍNA
¿Adónde vas?

TÚZENBACH
Tengo que volver a la ciudad y luego... despedir a mis camaradas.

IRÍNA
Eso no es verdad... Nikolái, ¿por qué estás hoy tan distraído? *(Pausa.)* ¿Qué pasó ayer junto al teatro?

TÚZENBACH *(Con gesto de impaciencia.)*
Vuelvo dentro de una hora y de nuevo estaré contigo. *(Le besa la mano.)* Tesoro mío... *(La mira fijamente a los ojos.)* Ya llevo cinco años queriéndote y aún no me he acostumbrado. Y cada día me pareces más guapa. ¡Qué pelo tan precioso, qué maravilla! ¡Qué ojos! Mañana te llevo conmigo. Vamos a trabajar, nos haremos ricos, y mis sueños llegarán a ser realidad. Serás feliz. Sólo hay una cosa, una cosa tan sólo, y es que tú no me quieres.

IRÍNA
Eso no lo puedo remediar. Seré tu mujer, seré fiel y obediente, pero amor no lo hay. ¡Qué le voy a hacer! *(Llora.)* No he querido una sola vez en mi vida. ¡Y yo, que soñaba tanto con enamorarme, que soñaba tanto con ello, noche y día!... Pero mi corazón es como un piano costoso que ha sido cerrado y la llave se ha perdido. *(Pausa.)* Estás intranquilo.

TÚZENBACH

No he pegado ojo en toda la noche. No es que haya nada de que pueda asustarme, nada que me amenace; sólo esa llave perdida me atormenta y me quita el sueño. Dime una cosa. *(Pausa.)* Dime una cosa...

IRÍNA

¿Qué? ¿Qué quieres que te diga? ¿Qué?

TÚZENBACH

Cualquier cosa.

IRÍNA

¡Basta, basta ya!

(Pausa.)

TÚZENBACH

¡Hay que ver las pequeñeces, las nimiedades que a veces se adueñan de una vida! ¡Y sin razón aparente! Se ríe uno de ellas, como siempre lo ha hecho, considerándolas como nimiedades, y de pronto se da cuenta de que ya no tiene fuerzas para dominarlas. ¡Pero no hablemos de ello! Me siento a las mil maravillas. Tengo la impresión de que estoy viendo esos abetos, esos arces y esos abedules por primera vez en mi vida. Y me parece que todo me mira a su vez inquisitivamente, como si esperase algo. ¡Qué árboles tan hermosos! Y a decir verdad, ¡qué hermosa debiera ser la vida cuando está uno rodeado de árboles como ésos!

(Se oye un grito: «¡Au! ¡Job, jop!».)

Tengo que irme. Ya es hora... Mira ese árbol seco, pero que sigue meciéndose en el viento junto con los otros. Del mismo modo, me parece que si yo muriese seguiría participando de la vida de un modo u otro. Adiós, querida mía... *(Le besa la mano.)* Tus papeles, los que me diste, están en mi mesa, debajo del calendario.

IRÍNA
Y yo voy contigo.

TÚZENBACH *(Alarmado.)*
¡No, no! *(Sale deprisa y se detiene en la avenida.)* ¡Irína!

IRÍNA
¿Qué?

TÚZENBACH *(Sin saber qué decir.)*
Hoy no he tomado mi café. Diles que me lo preparen... *(Sale apresurado.)*

(IRÍNA *permanece de pie, pensativa; luego va al fondo de la escena y se sienta en el columpio. Entra* ANDRÉI *con el cochecito. Aparece* FERAPÓNT.)

FERAPÓNT
Andréi Sergéich, ya sabe usted que los papeles no son míos, sino que son oficiales. No soy yo quien los ha inventado.

ANDRÉI
¡Ay! ¿Dónde está? ¿Adónde ha ido a parar mi vida pasada, cuando era joven, alegre, listo, cuando tenía sueños lisonjeros e ideas sutiles, cuando el presente y el futuro estaban animados por la esperanza? ¿Por qué nos volvemos aburridos, vulgares, sosos, cuando apenas hemos empezado a vivir? ¿Por qué nos volvemos holgazanes, indiferentes, inútiles, infelices...? Esta ciudad existe desde hace ya doscientos

años, tiene cien mil habitantes, pero no hay uno solo que no se parezca a todos los demás. No hay un solo santo, ni en el pasado ni en el presente, ni un solo sabio, ni un solo artista, ni una sola persona que se distinga lo bastante de los demás para causar envidia o despertar el deseo apasionado de imitarla... Aquí la gente no hace más que comer, beber, dormir... y luego muere. Y nacen otros, que también comen, beben, duermen; y para variar un poco y no quedar inmovilizados en el aburrimiento, se entregan a la maledicencia, a la bebida, a los naipes, al juego, a los pleitos. Las mujeres engañan a sus maridos, y los maridos siguen mintiendo, y fingen que no ven ni oyen nada. Y esta vulgaridad y esta mezquindad ambientes oprimen a los hijos y apagan cualquier chispa divina que pueda haber en ellos. Con lo que a su vez se vuelven miserables, iguales a los demás en estar medio muertos e idénticos a sus padres... *(A* FERAPÓNT, *con enojo.)* ¿Y tú qué quieres?

FERAPÓNT
¿Que qué quiero? Que me firme estos papeles.

ANDRÉI
Eres un pelmazo.

FERAPÓNT *(Dándole los papeles.)*
Hace un momento me decía el portero de la Tesorería del distrito..., decía que, al parecer, el invierno pasado el termómetro bajó a cincuenta grados bajo cero en Petersburgo.

ANDRÉI
El presente es odioso, pero cuando pienso en el futuro, ¡qué hermoso me parece! ¡Me siento tan a mi gusto, tan libre! Veo luz a lo lejos, veo libertad, veo cómo mis hijos y yo nos libraremos de la holgazanería, del alcohol, de las eter-

nas comidas de ganso con repollo; nos libraremos de la siesta después de comer, de todo este vulgar parasitismo...

FERAPÓNT
Al parecer, murieron de frío dos mil personas. Según él, la gente estaba aterrorizada. O fue en Petersburgo o fue en Moscú... No lo recuerdo.

ANDRÉI *(Presa de tierna emoción.)*
¡Mis hermanas tan queridas, mis hermanas maravillosas! *(Entre lágrimas.)* Másha, hermana mía...

NATÁSHA *(Por la ventana.)*
¿Quién está ahí hablando tan recio? ¿Eres tú, Andryúsha? Vas a despertar a Sófochka. *Il ne faut pas faire du bruit, la Sophie est dormée déjà. Vous êtes un ours. (Enfadándose.)* Si quieres charlar, dale a otra persona el cochecito. ¡Ferapónt, toma el cochecito que tiene el amo!

FERAPÓNT
Sí, señora. *(Toma el cochecito.)*

ANDRÉI *(Desconcertado.)*
Estaba hablando bajito.

NATÁSHA *(Tras la ventana, acariciando a su hijito.)*
¡Bóbik! ¡Pillín! ¡Pero qué malo eres, Bóbik!

ANDRÉI *(Hojeando los papeles.)*
Bueno, voy a mirar estos papeles y, si es necesario, los firmo y tú se los devuelves al Consejo. *(Entra en la casa leyendo los papeles;* FERAPÓNT *pasa al jardín empujando el cochecito.)*

NATÁSHA *(Tras la ventana.)*
Bóbik, ¿cómo se llama mamá? ¡Niño precioso! ¿Y ésta quién es? La tía Ólya. Di: «¡Hola, tía Ólya!».

(Entran dos músicos ambulantes, un hombre y una muchacha, tocando el violín y el arpa. De la casa salen VERSHÍNIN, ÓLGA *y* ANFÍSA *y escuchan un momento en silencio; luego se acerca* IRÍNA *a ellos.)*

ÓLGA

Nuestro jardín es como una vía pública; todo el mundo pasa por él. *Nyánya,* dales algo a esos músicos.

ANFÍSA *(Dándoles dinero.)*

Hala, váyanse con Dios. *(Los músicos saludan y se van.)* ¡Pobres gentes! Si tuvieran el buche lleno no irían tocando por las calles. *(A* IRÍNA.) ¡Hola, Irínushka! *(La besa.)* Ya ves que voy tirando, niña. Allí voy tirando, en el instituto, guapa, en un pisito del Estado, junto con Ólyushka. Dios cuida de mí en mi vejez. ¡Nunca he estado tan cómoda en mi vida, pecadora de mí!... El cuarto es grande, pagado por el Estado, una habitación entera para mí sola, con mi cama y todo. Todo lo paga el Estado. Me despierto por la noche y me pongo a pensar... ¡Ay, Dios mío, Virgen santa, no hay nadie en este mundo más feliz que yo!

VERSHÍNIN *(Mirando el reloj.)*

Nos vamos pronto, Ólga Sergéyevna. Ya va siendo hora. *(Pausa.)* Les deseo a ustedes lo mejor de lo mejor... ¿Dónde está Márya Sergéyevna?

IRÍNA

Está por ahí, en el jardín... Iré a buscarla.

VERSHÍNIN

Si es usted tan amable. Tengo prisa.

ANFÍSA

Yo voy a buscarla. *(Grita.)* ¡Máshenka, au! *(Va con* IRÍNA *al fondo del jardín.)* ¡Au, au!

VERSHÍNIN

Todo llega a su fin. Ya ve, aquí estamos diciéndonos adiós. *(Mira el reloj.)* La ciudad nos ha dado algo así como un almuerzo, hemos bebido champaña, el alcalde ha pronunciado un discurso. Yo he comido y escuchado, pero mi corazón estaba aquí, con ustedes... *(Pasea los ojos por el jardín.)* Estoy tan acostumbrado a ustedes...

ÓLGA

¿Volveremos a vernos alguna vez?

VERSHÍNIN

No lo creo. *(Pausa.)* Mi mujer y las dos niñas pasarán todavía un par de meses aquí. Por favor, si algo ocurre o si necesitan algo...

ÓLGA

Sí, sí, por supuesto. No se preocupe. *(Pausa.)* Mañana no quedará en la ciudad ni un solo militar. Todo se convertirá en recuerdo y, por supuesto, para nosotros empezará una vida nueva... *(Pausa.)* Nada acaba siendo como hubiésemos querido. Yo no quería ser directora del instituto y, sin embargo, ahora lo soy. Lo que significa que no iremos a Moscú...

VERSHÍNIN

En fin... Gracias por todo... Perdónenme si he hecho algo que no... He hablado mucho, demasiado..., y por ello también les pido que me perdonen. No piensen mal de mí.

ÓLGA *(Limpiándose las lágrimas.)*

¿Pero por qué no viene Másha?...

VERSHÍNIN

¿Qué más puedo decir al despedirme? ¿De qué voy a filosofar ahora? *(Ríe.)* La vida es dura. A muchos de nosotros nos parece un tanto opaca y sin esperanza. Y, no obstante, preciso es reconocer que poco a poco se vuelve más clara y llevadera; y, por lo visto, no está lejos la época en que la luz se extenderá por todas partes. *(Mira el reloj.)* Ya es hora, ya es hora de que me vaya. En tiempos pasados la humanidad no hacía más que guerrear, y su existencia era una serie de campañas, avances, retrocesos, victorias... Pero ahora todo eso es agua pasada, y en su lugar ha quedado un vacío enorme que de momento no se sabe cómo llenar. La humanidad busca apasionadamente algo con que llenarlo y, por supuesto, lo encontrará. ¡Ay, si fuera pronto! *(Pausa.)* ¿Saben ustedes? ¡Ay, si al deseo de trabajar pudiéramos añadir la educación y hacer que los educados trabajasen! *(Mira el reloj.)* De veras que tengo que irme.

ÓLGA

Aquí viene.

(Entra MÁSHA.*)*

VERSHÍNIN

He venido a despedirme...

(ÓLGA *se aparta un poco para no estorbar la despedida.)*

MÁSHA *(Mirándole a los ojos.)*

Adiós... *(Un beso largo.)*

ÓLGA

Basta, basta...

(MÁSHA *solloza clamorosamente.)*

VERSHÍNIN
Escríbeme... ¡No me olvides! Ahora déjame..., ya es hora... Ólga Sergéyevna, llévesela... Debo irme..., voy con retraso...

(Muy emocionado, besa la mano a ÓLGA*, abraza una vez más a* MÁSHA *y sale de prisa.)*

ÓLGA
¡Basta ya, Másha! ¡Domínate, hija!...

(Entra KULÝGIN.)

KULÝGIN *(Desconcertado.)*
No importa, déjala que llore, déjala... ¡Mi querida Másha, mi buena Másha! Eres mi mujer y soy feliz, a pesar de lo que haya pasado... No me quejo ni te hago un solo reproche... Ólga es aquí mi testigo... Volvamos a vivir como antes y no oirás de mí ni una sola palabra, ni una alusión...

MÁSHA *(Reprimiendo los sollozos.)*
Me hago un lío... *(Bebe un poco de agua.)* Mi vida es un fracaso. Ya no quiero nada... Me calmaré en seguida... No importa... ¿Qué significa eso de «Hay un verde roble en la curva orilla, y una cadena de oro cuelga de él»? ¿Por qué se me ha metido esa frase en la cabeza? Tengo todos los pensamientos revueltos en ella.

(Entra IRÍNA.)

ÓLGA
Cálmate, Másha. Eso es, así... Vamos adentro.

MÁSHA *(Irritada.)*
No vuelvo a entrar ahí. *(Solloza, pero se domina inmediatamente.)* Ni entro ahora en esa casa ni volveré a entrar nunca en ella...

IRÍNA

Entonces sentémonos juntas, aunque no hablemos.... Porque, como sabes, me marcho mañana...

(Pausa.)

KULÝGIN

Ayer le quité este bigote postizo y esta barba a un muchacho de tercer año... *(Se pone el bigote y la barba.)* Ahora me parezco al profesor de alemán. *(Ríe.)* ¿Verdad que sí? Esos chicos son chistosos.

MÁSHA

Sí, de veras que te pareces a ese alemán de que hablas.

ÓLGA *(Riendo.)*

Sí.

(MÁSHA *llora.)*

IRÍNA

¡Basta ya, Másha!

KULÝGIN

Creo que me parezco mucho...

(Entra NATÁSHA.)

NATÁSHA *(A la doncella.)*

¿Qué? ¡Oh, sí! Que Miháil Ivánovich Protopópov se quede con Sófochka y que Andréi Sergéyevich pasee a Bóbik en el cochecito. ¡Lo que hacen trabajar estos niños!... *(A* IRÍNA.) Irína, tú te vas mañana. ¡Qué lástima! ¡Quédate, aunque sólo sea una semana más! *(Al ver a* KULÝGIN *lanza un grito, éste ríe y se quita el bigote y la barba.)* ¡Vaya susto que me has dado, hombre! *(A* IRÍNA.) Estoy tan acostumbrada a estar contigo aquí... No creas que me va a ser fácil decirte adiós. Mandaré a Andréi que se vaya con su violín a tu cuarto; allí puede estar rasca que te rasca el tiempo que quiera; y en el cuarto que ahora tiene pondremos a Sófochka. ¡Qué maravilla, qué prodigio de niña! ¡Qué preciosidad! Hoy me ha mirado con unos ojos tan expresivos... ¡y ha dicho «mamá»!

KULÝGIN

Sí, es verdad. Es una criatura preciosa.

NATÁSHA

O sea, que mañana estaré yo sola aquí. *(Suspira.)* Lo primero que voy a mandar es que me corten esa avenida de abetos, y luego ese arce de ahí... Es feísimo al anochecer... *(A* IRÍNA.) Querida, ese cinturón que llevas no te sienta nada bien. No es de buen gusto... Debes ponerte algo más claro... Y haré que planten flores por todas partes, muchísimas flores, para que haya mucho aroma... *(Severamente.)* ¿Qué está haciendo ese tenedor aquí en el banco? *(Entra en la casa; a la* DONCELLA.) Vamos a ver, ¿por qué está ese tenedor en el banco? *(Grita.)* ¡Cierra esa boca!

KULÝGIN

¡Ya ha perdido los estribos otra vez!

(Fuera de la escena la banda de música toca una marcha; todos escuchan.)

ÓLGA

Se van.

(Entra CHEBUTÝKIN.)

MÁSHA

Se van nuestros amigos. En fin... ¡Que tengan buen viaje! *(A su marido.)* Tenemos que irnos a casa... ¿Dónde están mi sombrero y mi capota?

KULÝGIN

Los he llevado dentro... Te los traigo en seguida. *(Entra en la casa.)*

ÓLGA

Sí, ahora podemos irnos a casa. Ya es hora.

CHEBUTÝKIN

¡Ólga Sergéyevna!

ÓLGA

¿Qué? *(Pausa.)* ¿Qué?

CHEBUTÝKIN

Nada... No sé cómo decírselo... *(Le dice algo al oído.)*

ÓLGA *(Aterrada.)*

¡Imposible!

CHEBUTÝKIN

Sí..., es un mal asunto... Estoy tan cansado..., agotado por completo... No quiero decir nada más... *(Con enojo.)* En todo caso, ¿qué más da?

MÁSHA

¿Qué ha ocurrido?

ÓLGA *(Abrazando a* IRÍNA.)

¡Qué atrocidad de día!... No sé cómo decírtelo, querida mía.

IRÍNA
¿Qué pasa? Dímelo, a ver, ¿qué pasa? ¡Por Dios santo!... *(Llora.)*

CHEBUTÝKIN
Que el barón acaba de resultar muerto en un duelo...

IRÍNA *(Llorando calladamente.)*
¡Lo sabía, lo sabía!...

CHEBUTÝKIN *(Va al fondo de la escena y se sienta.)*
Estoy cansado... *(Saca un periódico del bolsillo.)* Que lloren un poco... *(Canturrea por lo bajo.)* Ta-ra-rá bum-bi-yá, sentado en la tumbi-yá... ¿Qué más da?

(Las tres hermanas se aprietan entre sí.)

MÁSHA
¡Oh, escuchad esa banda! Se alejan de nosotras... Uno de ellos se ha ido ya, para siempre. Nos quedamos solas... para empezar de nuevo nuestra vida. Tenemos que vivir... Tenemos que vivir...

IRÍNA *(Apoyando la cabeza en el pecho de* ÓLGA.*)*
Llegará el día en que todo el mundo sabrá por qué ocurre esto, sabrá la causa de todos estos sufrimientos... Para entonces ya no habrá enigmas, pero mientras tanto tenemos que vivir... y trabajar, sí, tenemos que trabajar. Me iré de aquí sola, enseñaré en alguna escuela. Daré mi vida a quienes quizá la necesiten. Ahora estamos en otoño, pronto llegará el invierno, lo cubrirá todo de nieve, y yo trabajaré, sí, trabajaré...

ÓLGA *(Abrazando a sus dos hermanas.)*
¡Oíd qué alegre suena la música, tan alegre y animosa que da ganas de vivir! ¡Ay, Dios mío! Pasarán los años y noso-

tros pasaremos para siempre. Se olvidarán de nosotras, olvidarán nuestra cara, nuestra voz y hasta cuántas éramos. Pero nuestras penas se volverán alegrías para los que vengan después. Con el tiempo reinarán en el mundo la paz y la felicidad, y los que vivan entonces recordarán con benevolencia a los que vivimos ahora y nos bendecirán. ¡Oh, mis queridas hermanas, nuestra vida no ha acabado todavía! ¡Seguiremos viviendo! La banda toca con tanta alegría, con tanto gozo..., y parece que si esperamos un poquito más sabremos por qué vivimos, por qué sufrimos... ¡Ay, si lo supiéramos, si lo supiéramos!

(La música suena cada vez más lejos. KULÝGIN, *con sonrisa alegre, trae el sombrero y la capota.* ANDRÉI *entra, empujando el cochecito en el que* BÓBIK *viene sentado.)*

CHEBUTÝKIN *(Canturreando por lo bajo.)*
Ta-ra... ra... bumbiyá... sentado en la tumbi-yá... *(Lee el periódico.)* ¡Da lo mismo! Da lo mismo!

ÓLGA
¡Si lo supiéramos, si lo supiéramos!

TELÓN

El huerto de los cerezos

Comedia en cuatro actos

Personajes

RENÉVSKAYA, Lyubóv Andréyevna (Lyúba), propietaria.
ÁNYA (Ánichka), su hija, diecisiete años.
VÁRYA (Varvára Miháilovna), su hija adoptiva, veinticuatro años.
GÁYEV, Leoníd Andréyevich (Lyónya), hermano de la señora Ranévskaya.
LOPÁHIN, Yermolái Alekséyevich, hombre de negocios.
TROFÍMOV, Piotr Sergéyevich (Pétya), estudiante.
SIMEÓNOV-PÍSCHIK, Borís Borísovich, propietario.
SHARLÓTTA IVÁNOVNA, institutriz.
YEPIHÓDOV, Semyón Panteléyevich, oficinista.
DUNYÁSHA (Avdótya Fyódorovna), doncella.
FIRS (Firs Nikoláyevich), criado, ochenta y siete años.
YÁSHA, criado joven.
UN VAGABUNDO.
JEFE DE ESTACIÓN.
EMPLEADO DE CORREOS.
INVITADOS, CRIADOS.

(La acción tiene lugar en la finca de la Sra. Ranévskaya.)

Acto primero

Habitación que solía ser de los niños. Una de las puertas conduce al cuarto de Ánya. *Es por la mañana temprano y pronto saldrá el sol. Mes de mayo. Los cerezos están en flor, pero en el huerto hace frío y hay escarcha. Las ventanas están cerradas.*

(Entran Dunyásha, *con una bujía, y* Lopáhin, *con un libro en la mano.)*

Lopáhin
Gracias a Dios que ha llegado el tren. ¿Qué hora es?

Dunyásha
Poco falta para las dos. *(Apaga la bujía.)* Ya está clareando.

Lopáhin
¿Entonces cuánto retraso trae el tren? Un par de horas por lo menos. *(Bosteza y se despereza.)* ¡Pero qué idiota soy! Vine aquí con el propósito de ir a esperarlos a la estación... y se me pasó la hora durmiendo... Me quedé dormido en una silla. ¡Qué fastidio! Debieras haberme despertado.

DUNYÁSHA

Pensé que se había marchado usted. *(Escucha.)* Me parece que ya vienen.

LOPÁHIN *(Escuchando a su vez.)*

No... Tendrán que atender al equipaje y otras cosas... *(Pausa.)* Lyubóv Andréyevna ha pasado cinco años en el extranjero y no sé cómo será ahora... Antes era una excelente persona, una señora buena y sencilla. Recuerdo que cuando yo era un chico de unos quince años, mi padre, que en paz descanse, que tenía una tiendecilla aquí en la aldea, me dio un puñetazo en la cara que me hizo sangrar por la nariz... Habíamos venido aquí, a la casa grande, por no sé qué motivo y él estaba bebido. Lyubóv Andréyevna, que, según recuerdo, era todavía joven y esbelta, me trajo al lavabo de esta misma habitación, que era entonces el cuarto de los niños, y me dijo: «No llores, zagal, que eso se te pasará antes de que te cases». *(Pausa.)* Zagal... Sí, es verdad, mi padre era campesino, pero ya ves, aquí me tienes ahora en chaleco blanco y zapatos de color. Pero aunque la mona se vista de seda... Soy rico, tengo un montón de dinero, pero cualquiera que se fije y me vea por dentro notará que soy campesino hasta el tuétano. *(Hojea el libro.)* He estado leyendo este libro y no entiendo ni jota. Lo leo y me quedo dormido.

(Pausa.)

DUNYÁSHA

Los perros no han dormido en toda la noche. Saben que vienen los amos.

LOPÁHIN

¿Pero qué te pasa, Dunyásha?

DUNYÁSHA
Me tiemblan las manos. Se diría que voy a desmayarme.

LOPÁHIN
Eres demasiado delicada, Dunyásha. Te vistes y hasta te peinas como una señora. Y eso no debes hacerlo. Uno tiene que portarse como lo que es.

(Entra YEPIHÓDOV *con un ramo de flores. Viste americana y botas altas de mucho brillo que crujen mucho. Al entrar se le caen las flores.)*

YEPIHÓDOV *(Recogiendo las flores.)*
Las ha traído el jardinero y dice que las pongamos en la sala. *(Da el ramo a* DUNYÁSHA.)

LOPÁHIN
Y tú tráeme un poco de *kvas.*

DUNYÁSHA
Sí, señor. *(Sale.)*

YEPIHÓDOV
Ahí fuera hay escarcha, estamos a tres grados bajo cero y los cerezos están en flor. No puedo conformarme con este clima nuestro. *(Suspira.)* No puedo. Este clima nuestro no puede contribuir..., en fin, a nada. Y ¿sabe usted, Yermolái Alekséyevich? Anteayer me compré un par de botas y ya ve que crujen de un modo inaguantable. ¿Con qué puedo engrasarlas?

LOPÁHIN
Déjame en paz. No me fastidies.

YEPIHÓDOV

Todos los días me pasa algo desagradable. Pero no me quejo. Ya estoy acostumbrado y hasta me causa risa. *(Entra* DUNYÁSHA *con el* kvas *para* LOPÁHIN.) Ya me voy. *(Tropieza con una silla y la derriba.)* ¡Ya ve usted! *(En tono de triunfo.)* Usted mismo es testigo, o sea... por así decirlo... ¡Es algo verdaderamente extraordinario! *(Sale.)*

DUNYÁSHA

Quiero decirle un secreto, Yermolái Alekséyevich. Yepihódov se me ha declarado.

LOPÁHIN

¡Ah!

DUNYÁSHA

No sé qué hacer... Es un hombre tranquilo, pero a veces se pone a hablar y no le entiende una... Lo que dice suena bien, es muy tierno, pero no se le entiende. A mí me parece que me gusta. Él me quiere con delirio. Tiene mala suerte. Todos los días le pasa algo. Por eso se burlan de él y le llaman «veintidós calamidades».

LOPÁHIN *(Escuchando.)*

Ya me parece que vienen...

DUNYÁSHA

¡Ya vienen! ¡Ay, no sé qué me pasa!... Me ha entrado frío por todo el cuerpo.

LOPÁHIN

En efecto, ya llegan. ¡Hala, vamos a recibirlos! ¿Me reconocerá ella? No nos hemos visto en cinco años.

DUNYÁSHA *(Agitada.)*

Voy a desmayarme... ¡Ay, que me mareo!

(Se oye el ruido de dos carruajes que llegan a la casa. LOPÁHIN *y* DUNYÁSHA *salen deprisa. La escena queda vacía. En las habitaciones contiguas empieza a oírse el rumor de gente que entra.* FIRS, *apoyado en un bastón, cruza apresurado la escena para ir a recibir a* LYUBÓV ANDRÉYEVNA; *viste librea de corte anticuado y sombrero de copa y murmura entre dientes algo imposible de descifrar. Aumenta el ruido fuera de la escena. Una voz dice: «Pasemos por aquí». Entran* LYUBÓV ANDRÉYEVNA, ÁNYA *y* SHARLÓTTA IVÁNOVNA, *ésta con un perrito sujeto con una correa, todas ellas en traje de camino,* VÁRYA, *en abrigo y pañuelo de cabeza,* GÁYEV, SIMEÓNOV-PÍSCHIK, LOPÁHIN, DUNYÁSHA, *con un bulto y un paraguas, y criados que llevan equipaje. Todos cruzan la escena.)*

ÁNYA
Pasemos por aquí. ¿Te acuerdas, mamá, de qué habitación es ésta?

LYUBÓV ANDRÉYEVNA *(Gozosa, con lágrimas en los ojos.)*
¡El cuarto de los niños!

VÁRYA
¡Qué frío hace! Tengo las manos heladas. *(A* LYUBÓV ANDRÉYEVNA.*)* Tus habitaciones, mamá, están igual que las dejaste: la blanca y la de color malva.

LYUBÓV ANDRÉYEVNA
La de los niños, querida mía, es una habitación hermosísima... Aquí dormía yo de pequeña... *(Llora.)* Y ahora me siento como si fuera pequeña otra vez... *(Besa a su herma-*

no, después a VÁRYA, *y luego de nuevo a su hermano.)* Y Várya está igual que siempre, parecida a una monja. Y he reconocido a Dunyásha también... *(Besa a* DUNYÁSHA.)

GÁYEV
El tren ha llegado con dos horas de retraso. ¡Qué vergüenza! ¡Valiente servicio tenemos!

SHARLÓTTA *(A* PÍSCHIK.)
Mi perro come hasta nueces.

PÍSCHIK *(Asombrado.)*
¡No me diga!

(Salen todos, salvo ÁNYA *y* DUNYÁSHA.)

DUNYÁSHA
Y nosotros, espera que te espera... *(Ayuda a* ÁNYA *a quitarse el sombrero y el abrigo.)*

ÁNYA
No he pegado ojo en cuatro noches... Estoy aterida.

DUNYÁSHA
Se fueron ustedes en la Cuaresma, cuando estaba nevando y helando. Ahora, sin embargo, el tiempo está mejor. ¡Preciosa mía! *(Riendo y besándola.)* ¡Con qué impaciencia la esperaba, vida mía, cariño mío!... Pero tengo que decírselo en seguida; no puedo aguardar un minuto más...

ÁNYA *(Sin interés.)*
¿De qué se trata ahora?...

DUNYÁSHA
Yepihódov, el de la oficina, se me declaró después de la Pascua.

ÁNYA
Siempre estás con lo mismo... *(Arreglándose el pelo.)* He perdido todas las horquillas... *(Está muy cansada y apenas puede tenerse en pie.)*

DUNYÁSHA
Francamente no sé qué pensar. Él me quiere..., ¡me quiere tanto!

ÁNYA *(Mirando su habitación por la puerta, con ternura.)*
Mi cuarto, mis ventanas, como si nunca me hubiera ido. ¡Estoy en casa! Mañana por la mañana me levanto y me voy corriendo al huerto. ¡Ay, si pudiera dormir ahora! No he dormido en todo el camino por lo intranquila que estaba.

DUNYÁSHA
Piotr Sergéyevich llegó anteayer.

ÁNYA *(Con júbilo.)*
¡Pétya!

DUNYÁSHA
Está durmiendo en la caseta de baños... y viviendo también allí. Dice que no quiere molestarles a ustedes. *(Mira su reloj.)* Debería despertarle, pero Varvára Miháilovna me ha dicho que no lo haga.

(Entra VÁRYA *con un manojo de llaves en la cintura.)*

VÁRYA
Dunyásha, haz café. ¡Hala, volando, que mamá lo está pidiendo!

DUNYÁSHA
Lo hago en un momento. *(Sale.)*

VÁRYA
Gracias a Dios que habéis llegado. Otra vez en casa. *(Abrazándola.)* ¡Mi preciosa ha vuelto! ¡Prenda mía!

ÁNYA
¡Si supieras lo que he tenido que aguantar!

VÁRYA
Me lo figuro.

ÁNYA
Me marché durante la Semana Santa, cuando hacía frío. Sharlótta no paró de hablar en todo el camino ni de hacer sus trucos estúpidos. ¿Por qué me hiciste llevar a Sharlótta?...

VÁRYA
Porque no era posible dejarte ir sola, cariño. ¡Con diecisiete años!...

ÁNYA
Cuando llegamos a París hacía frío y estaba nevando. Mi francés es atroz. Mamá vivía en un quinto piso y cuando llegué allí tenía visita: unas cuantas señoras francesas y un cura viejo con un librito. La habitación estaba llena de humo de cigarrillos y era incómoda. De pronto sentí tanta lástima de mamá que le agarré la cabeza con las manos y no podía soltarla... Entonces mamá rompió a llorar, me acarició...

VÁRYA *(Entre lágrimas.)*
No sigas, no sigas...

ÁNYA
Ya había vendido el chalet de Mentone y no le quedaba nada, absolutamente nada. A mí tampoco me quedaba dinero; apenas lo bastante para llegar a París. ¡Y mamá no podía darse

cuenta! Si comíamos en un restaurante de estación pedía los platos más caros y daba un rublo de propina a los camareros. Lo mismo hacía Sharlótta. Y Yásha también pedía una comida completa. Era horrible. Ya sabes que Yásha es el criado de mamá y que nos lo hemos traído aquí...

VÁRYA
Sí, ya he visto a ese pillo.

ÁNYA
Bueno, ¿cómo van las cosas? ¿Se han pagado los intereses?

VÁRYA
Ni con mucho.

ÁNYA
¡Ay, Dios mío, Dios mío!...

VÁRYA
En agosto se pondrá la finca en venta...

ÁNYA
¡Dios mío!...

LOPÁHIN *(Asoma la cabeza por la puerta y bala como un cordero.)*
Beee... *(Desaparece.)*

VÁRYA *(Lacrimosa.)*
Ya le daría yo a éste... *(Hace un gesto de amenaza con el puño.)*

ÁNYA *(abrazando a* VÁRYA *y bajando la voz.)*
Várya, ¿se te ha declarado? (VÁRYA *niega con la cabeza.)* Pero te quiere... ¿Por qué no ponéis las cosas en claro? ¿A qué esperáis?

VÁRYA

No creo que de esto resulte nada. Él está demasiado ocupado y no tiene tiempo para pensar en mí... Ni siquiera me hace caso. Mejor sería que no viniera, porque sufro de verle... Todos hablan de nuestro casamiento, todos me felicitan, pero la verdad es que no hay nada, no pasa de ser un sueño... *(En tono diferente.)* Tienes un broche nuevo en forma de abeja.

ÁNYA *(Con tristeza.)*

Me lo compró mamá. *(Entra en su habitación y entonces habla alegremente, como una niña.)* Y ¿sabes?, en París subí en globo.

VÁRYA

¡Mi preciosa ha vuelto! ¡Mi niña hermosa ha vuelto! *(Entra* DUNYÁSHA *con una cafetera y prepara el café.* VÁRYA *se acerca a la puerta de* ÁNYA.) Pues mira, guapa, me paso todo el bendito día con los quehaceres de la casa y no paro de soñar. Si pudiéramos casarte con un hombre rico quedaría tranquila. Entonces me retiraría del mundo, luego iría en peregrinación a Kiev..., después a Moscú, en fin, de un santo lugar a otro... Anda que te anda. ¡Qué vida tan hermosa!

ÁNYA

Los pájaros están cantando en el huerto. ¿Qué hora es?

VÁRYA

Serán más de las dos. Ya es hora de que te acuestes, guapa. *(Entra en la habitación de* ÁNYA.) ¡Qué vida tan hermosa!

(Entra YÁSHA, *trayendo una manta de viaje y un maletín.)*

YÁSHA *(Cruzando la escena y con voz de afectada delicadeza.)*
¿Se puede pasar por aquí?

DUNYÁSHA
Apenas le reconozco, Yásha. ¡Cómo ha cambiado usted en el extranjero!

YÁSHA
¡Hum!... ¿Y quién es usted?

DUNYÁSHA
Cuando se marchó usted de aquí era así de alta. *(Muestra con la mano su altura desde el suelo.)* Soy Dunyásha, la hija de Fyódor Kozoyédov. ¡Y usted no se acuerda!

YÁSHA
¡Hum! ¡Una perita en dulce! *(Mira en torno suyo y la abraza; ella grita y deja caer un platillo.* YÁSHA *sale deprisa.)*

VÁRYA *(Desde la puerta, con voz de enojo.)*
¿Qué pasa aquí?

DUNYÁSHA *(Entre lágrimas.)*
Que he roto un platillo.

VÁRYA
Eso significa buena suerte.

ÁNYA *(Saliendo de su habitación.)*
Debiéramos avisar a mamá de que Pétya está aquí...

VÁRYA
He dado orden de que no se le despierte.

ÁNYA *(Meditabunda.)*
Hace seis años que murió papá y un mes después mi hermano Grísha se ahogó en el río. Tenía sólo siete años y era un niño precioso. Mamá no pudo soportar aquello y se fue..., se fue sin mirar atrás... *(Se estremece.)* ¡Si supiera qué bien la comprendo! *(Pausa.)* Y como Pétya Trofímov era el tutor de Grísha puede que le recuerde...

(Entra FIRS *vestido de chaqueta y chaleco blanco.)*

FIRS *(Con aire preocupado, acercándose a la cafetera.)*
La señora tomará el café aquí... *(Se pone guantes blancos.)* ¿Está listo el café? *(A* DUNYÁSHA, *con severidad.)* ¿Pero dónde está la crema?

DUNYÁSHA
¡Ay, Dios mío!... *(Sale apresurada.)*

FIRS *(Atareado junto a la cafetera.)*
Esta chica está pasmada... *(Hablando entre dientes.)* Llegada de París... Hace años el señor solía ir a París... en coche de caballos... *(Ríe.)*

VÁRYA
¿De qué te ríes, Firs?

FIRS
¿Qué puedo servirle, señora? *(Gozoso.)* ¡Mi señora ha vuelto! ¡En casa, por fin! Ahora no me importa morirme... *(Llora de alegría.)*

(Entran LYUBÓV ANDRÉYEVNA, GÁYEV *y* SIMEÓNOV-PÍSCHIK; *este último viste camisa*

rusa de lana fina y pantalones anchos remetidos en las botas. GÁYEV, *al entrar, mueve el cuerpo y los brazos como si estuviera jugando al billar.)*

LYUBÓV ANDRÉYEVNA
A ver, ¿cómo es eso? A ver, déjame que me acuerde... Le pego al mingo... ¡y trato de meterla en la tronera de en medio!

GÁYEV
¡Y yo en la del rincón!... Hace años, querida hermana, tú y yo dormíamos juntos en esta misma habitación; y ahora tengo cincuenta y uno, por extraño que parezca...

LOPÁHIN
Sí, el tiempo vuela...

GÁYEV
¿Qué dice?

LOPÁHIN
Digo que el tiempo vuela.

GÁYEV
Aquí huele a pachulí.

ÁNYA
Voy a acostarme. Buenas noches, mamá. *(Besa a su madre.)*

LYUBÓV ANDRÉYEVNA
¡Preciosa niña mía! *(Le besa la cara y las manos.)* ¿Estás contenta de estar en casa? Yo todavía ando confusa.

ÁNYA
Buenas noches, tío.

GÁYEV *(Besándole la cara y las manos.)*
Vete con Dios. ¡Cómo te pareces a tu madre! *(A su hermana.)* Tú, Lyúba, a la edad de ella, eras exactamente igual.

(ÁNYA *da la mano a* LOPÁHIN *y* PÍSCHIK *y sale, cerrando la puerta tras de sí.)*

LYUBÓV ANDRÉYEVNA
Está cansadísima.

PÍSCHIK
Es que el viaje ha sido largo.

VÁRYA *(A* LOPÁHIN *y* PÍSCHIK.)
Bueno, ¿qué, señores? Son más de las dos y ya es hora de irse.

LYUBÓV ANDRÉYEVNA *(Riendo.)*
Tú siempre lo mismo, Várya. *(La atrae a sí y la besa.)* Deja que me tome el café y nos vamos. (FIRS *le pone un cojín bajo los pies.)* Gracias, amigo. Me he acostumbrado a tomar café. Lo bebo noche y día. Gracias, viejo amigo. *(Besa a* FIRS.)

VÁRYA
Voy a ver si han traído el equipaje... *(Sale.)*

LYUBÓV ANDRÉYEVNA
¿Pero de veras que estoy aquí sentada? *(Ríe.)* Me dan ganas de saltar, de hacer aspavientos. *(Se cubre el rostro con las manos.)* ¿Pero y si estoy soñando? Bien sabe Dios que quiero a mi país, que lo quiero con ternura, y que las lágrimas apenas me dejaban verlo desde el tren. *(Entre lágrimas.)*

Pero, en fin, hay que beberse el café. Gracias, Firs, gracias, viejo amigo. Me alegro tanto de encontrarte aún vivo.

FIRS
Anteayer.

GÁYEV
No oye bien.

LOPÁHIN
Ahora pronto, después de las cuatro, tengo que irme a Hárkov... ¡Qué fastidio! Quería verla a usted despacio, charlar un rato... Sigue usted tan hermosa como siempre.

PÍSCHIK *(Respirando hondamente.)*
Hasta más hermosa que antes..., vestida a la moda de París... Para quitarle a uno el sueño...

LOPÁHIN
Aquí el hermano de usted, Leoníd Andréyevich, dice que soy un patán, un campesino tacaño, pero eso me trae sin cuidado. ¡Que diga lo que le parezca! Lo único que quisiera es que tuviese usted en mí la misma confianza de antes, que me mirase con los mismos ojos espléndidos y cariñosos de antes. ¡Dios santo! Mi padre fue sierva del padre y del abuelo de usted, pero usted, usted misma, hizo tanto por mí en el pasado que lo olvido todo y la quiero como si fuese mi propia hermana..., más que a mi propia hermana.

LYUBÓV ANDRÉYEVNA
No puedo permanecer sentada; nada, que no puedo... *(Se levanta de un salto y deambula por la habitación muy agitada.)* Es demasiada felicidad la que siento... Ríanse de mí, ya sé que soy tonta... ¡Mi querido armario!... *(Besa el armario.)* ¡Mi mesita!

GÁYEV

Ya sabes que la vieja nodriza murió cuando estabas en el extranjero.

LYUBÓV ANDRÉYEVNA *(Se sienta y toma el café.)*

Sí. Dios la tenga en su santa gloria. Me escribieron para decírmelo.

GÁYEV

Y Anastási también murió. Petrúshka Kosói dejó su empleo conmigo y ahora trabaja para la policía de la ciudad. *(Saca del bolsillo una cajita de caramelos y se lleva uno a la boca.)*

PÍSCHIK

Mi hija Dáshenka le manda a usted recuerdos...

LOPÁHIN

Quisiera contarle a usted algo agradable, algo alegre. *(Mira su reloj.)* Tengo que irme en seguida y no tengo tiempo para que echemos un párrafo... Bueno, puedo decírselo en un par de palabras. Ya sabe que el huerto de los cerezos se pone en venta para pagar las deudas de usted. El veintidós de agosto es la subasta. Pero no se preocupe, señora mía. Duerma tranquila, que hay una salida... He aquí el plan que se me ocurre. Escuche atentamente. La finca de usted está sólo a veinte verstas de la ciudad y la línea férrea pasa cerca de ella. Pues bien, si su huerto de los cerezos y el terreno a lo largo del río se dividen en parcelas y se arriendan para chalets de verano, tendría usted ingresos de veinticinco mil rublos al año cuando menos.

GÁYEV

¡Perdón, pero qué sandez!

LYUBÓV ANDRÉYEVNA

No acierto a comprenderle, Yermolái Alekséyevich.

LOPÁHIN

Usted cobrará a los arrendatarios un mínimo de veinticinco rublos al año por una *desyatina* de extensión. Y si lo anuncia usted ahora, apuesto cualquier cosa a que no le queda una sola parcela sin arrendar cuando llegue el otoño. En una palabra, la felicito a usted; está usted salvada. El lugar es espléndido y el río lo bastante profundo para bañarse. Pero, claro, habrá que acondicionar el sitio, desbrozarlo... Por ejemplo, habrá que echar abajo todas las construcciones viejas, como también esta casa que de nada le sirve a nadie. Y cortar el viejo huerto de los cerezos...

LYUBÓV ANDRÉYEVNA

¿Cortarlo? Perdone, señor mío, pero usted no parece comprender. Si en toda esta provincia hay algo de interés, algo verdaderamente notable, es nuestro huerto de los cerezos.

LOPÁHIN

Lo único notable que tiene este huerto es que es muy grande. Sólo da fruta cada dos años y además no hay nadie que la compre.

GÁYEV

El Diccionario Enciclopédico menciona este huerto.

LOPÁHIN *(Mirando su reloj.)*

Si no se piensa en ello con cuidado, o no se llega a una decisión, el huerto de los cerezos y toda la finca serán vendidos en subasta el veintidós de agosto. ¡Tiene usted que decidirse! Le juro que no hay otra solución. Absolutamente ninguna.

FIRS

En otros tiempos, hace cuarenta o cincuenta años, secaban las cerezas, las ponían en conserva, las maceraban, hacían mermelada con ellas, y a veces también...

GÁYEV

Cállate, Firs.

FIRS

Y a veces mandaban carros enteros de cerezas secas a Moscú y Hárkov. ¡Y vaya dinero que se ganaba! Y por aquel entonces las cerezas secas eran blandas, jugosas, dulces, sabrosas... Entonces teníamos una receta...

LYUBÓV ANDRÉYEVNA

¿Y ahora dónde está esa receta?

FIRS

La han olvidado. Nadie se acuerda de ella.

PÍSCHIK *(A LYUBÓV ANDRÉYEVNA.)*

Y dígame, ¿cómo están las cosas en París? ¿Qué? ¿Ha comido usted ranas?

LYUBÓV ANDRÉYEVNA

He comido cocodrilos.

PÍSCHIK

¡No me diga!

LOPÁHIN

Hasta hace poco no había en el campo más que propietarios y campesinos, pero ahora hay también gente que viene los veranos de vacaciones. Y puede decirse que en los próximos veinte años su número se multiplicará enormemente.

Ahora sólo beben té en la terraza, pero bien puede ocurrir que empiecen a cultivar sus parcelas, en cuyo caso el huerto de los cerezos de usted llegará a ser alegre, rico, elegante...

GÁYEV *(Indignado.)*
¡Valiente tontería!

(Entran VÁRYA *y* YÁSHA.)

VÁRYA
Mamita, aquí hay dos telegramas para ti. *(Escoge una llave y abre el viejo armario.)* Aquí están.

LYUBÓV ANDRÉYEVNA
Son de París *(Rompe los telegramas sin leerlos.)* He terminado con París...

GÁYEV
¿Pero sabes tú, Lyúba, cuántos años tiene este armario? La semana pasada saqué el cajón de abajo, miré y vi allí unas cifras grabadas con fuego. Este armario lo hicieron hace justamente cien años. Qué me dices de eso, ¿eh? Deberíamos celebrar su aniversario. Es un objeto inanimado, pero no obstante un armario para libros.

PÍSCHIK *(Con asombro.)*
Cien años... ¡Figúrese!

GÁYEV
Sí... Es cosa valiosa... *(Palpando el armario con las manos.)* ¡Mi querido y muy respetado armario! Celebro tu existencia, que desde hace ya más de un siglo ha estado consagrada a los más altos ideales del bien y la justicia. Tu tácita incitación al trabajo útil no ha disminuido en el curso de cien

años, sustentando en varias generaciones de nuestra familia el tesón y la fe en un futuro mejor y desarrollando en nosotros los ideales del bien común y de la conciencia social.

(Pausa.)

LOPÁHIN
Sí...

LYUBÓV ANDRÉYEVNA
Tú siempre lo mismo, Leoníd.

GÁYEV *(Un tanto azorado.)*
Efecto a la derecha y la bola va a la tronera del rincón. Y luego la de en medio.

LOPÁHIN *(Mirando su reloj.)*
En fin, ya es hora de que me vaya.

YÁSHA *(Da una medicina a* LYUBÓV ANDRÉYEVNA.)
¿Quiere tomar las píldoras ahora?...

PÍSCHIK
No tome medicinas, querida amiga... No benefician... ni perjudican tampoco... Démelas. *(Coge las píldoras, las echa en la palma de la mano, sopla sobre ellas, se las lleva a la boca y bebe un trago de* kvas.) ¡Ya ve!

LYUBÓV ANDRÉYEVNA *(Alarmada.)*
¡Pero usted está loco!

PÍSCHIK
Me he tragado todas las píldoras.

LOPÁHIN
¡Vaya digestión!

(Todos ríen.)

FIRS
Estuvo aquí en la Semana Santa y se comió medio cubo de pepinos salados... *(Murmura para sí.)*

LYUBÓV ANDRÉYEVNA
¿Qué es lo que dice?

VÁRYA
Hace ya tres años que murmura así. Ya estamos acostumbrados.

YÁSHA
Son cosas de la edad.

(SHARLÓTTA IVÁNOVNA, *muy delgada y apretujada en un vestido blanco, con unos impertinentes que le cuelgan de la cintura, cruza la escena.)*

LOPÁHIN
Perdone, Sharlótta Ivánovna, todavía no he tenido ocasión de saludarla. *(Intenta besarle la mano.)*

SHARLÓTTA *(Retirando la mano.)*
Si una señora le deja besarle la mano, querrá usted en seguida besarle el codo y luego el hombro...

LOPÁHIN
Hoy no me van bien las cosas. *(Todos ríen.)* ¡Sharlótta Ivánovna, háganos un truco!

LYUBÓV ANDRÉYEVNA
¡Sí, hágalo, Sharlótta!

SHARLÓTTA
En este momento, no. Sólo quiero una cosa, y es dormir. *(Sale.)*

LOPÁHIN
Nos veremos en tres semanas. *(Besa la mano a* LYUBÓV ANDRÉYEVNA.) Adiós hasta entonces. Ya es hora. *(A* GÁYEV.) Hasta la vista. *(Abraza a* PÍSCHIK.) Hasta la vista. *(Da un apretón de manos a* VÁRYA, *luego a* FIRS *y a* YÁSHA.) No quiero irme, la verdad. *(A* LYUBÓV ANDRÉYEVNA.) Si piensa usted en lo de los chalets y llega a una decisión, avíseme y le obtendré un préstamo de cincuenta mil rublos. Piense en ello seriamente.

VÁRYA *(En tono de enojo.)*
¡Pero, hombre, váyase ya!

LOPÁHIN
Ya me voy, ya me voy... *(Sale.)*

GÁYEV
¡Qué patán!... Pero perdón... Várya va a casarse con él. Ése es el noviecito que se ha echado.

VÁRYA
Por favor, tío, no hable más de la cuenta.

LYUBÓV ANDRÉYEVNA
¿Ah, sí, Várya? Pues me alegro mucho. Es un hombre bueno.

PÍSCHIK
Es un hombre..., preciso es decirlo..., dignísimo... Mi Dáshenka..., también dice que..., pero dice muchas cosas. *(Se*

amodorra y ronca, pero al momento despierta.) A propósito, querida mía..., présteme, por favor, doscientos cuarenta rublos... Tengo que pagar mañana el interés de la hipoteca..

VÁRYA *(Alarmada.)*
¡Es que no los tenemos, de veras que no los tenemos!...

LYUBÓV ANDRÉYEVNA
La verdad es que yo no tengo nada.

PÍSCHIK
Ya se encontrarán. *(Ríe.)* Nunca pierdo la esperanza. A veces pienso que todo está perdido, que estoy arruinado... y de pronto construyen un ferrocarril que pasa por mis tierras y... me pagan por ello. Algo caerá de seguro; si no hoy, mañana... Quizá Dáshenka gane doscientos mil rublos... Tiene un billete de lotería.

LYUBÓV ANDRÉYEVNA
Ya me he tomado el café; ahora puedo irme a descansar.

FIRS *(Cepillando a* GÁYEV *y amonestándole.)*
Se ha equivocado usted otra vez de pantalones. ¿Qué voy a hacer con usted?

VÁRYA *(En voz queda.)*
Ánya está dormida. *(Abre la ventana sin hacer ruido.)* Ya ha salido el sol y no hace frío. ¡Mira, mamita, qué árboles tan maravillosos! ¡Qué aire, Dios santo! ¡Y están cantando los estorninos!

GÁYEV *(Abriendo otra ventana.)*
El huerto está todo blanco. No has olvidado, ¿verdad, Lyúba? Mira esa larga avenida que va toda derecha, derecha, como una cinta tirante, y que brilla en las noches de luna. ¿Te acuerdas? ¿No te has olvidado?

LYUBÓV ANDRÉYEVNA *(Mirando el huerto por la ventana.)*
¡Ay, mi niñez, mi niñez inocente! Yo dormía en esta habitación, miraba el huerto desde aquí y la felicidad despertaba conmigo cada mañana. Entonces el huerto estaba exactamente igual que ahora; nada ha cambiado... *(Ríe de gozo.)* ¡Todo blanco, todo! ¡Oh, huerto mío! Tras el otoño oscuro y borrascoso y el invierno frío vuelves a ser joven y feliz. ¡Los ángeles no te han dejado de su mano!... ¡Si pudiera arrancarme del pecho y los hombros esta pesadumbre! ¡Si pudiera olvidar mi pasado!

GÁYEV
Sí, y ahora se venderá el huerto para pagar nuestras deudas, por extraño que parezca...

LYUBÓV ANDRÉYEVNA
¡Mira! ¡Allí va nuestra difunta madre... caminando por el huerto vestida de blanco! *(Ríe gozosa.)* ¡Es ella!

GÁYEV
¿Dónde?

VÁRYA
¡Por Dios santo, mamá!

LYUBÓV ANDRÉYEVNA
No hay nadie. Sólo me pareció verla. Mira, allí a la derecha, en el recodo del cenador, hay un arbolito blanco inclinado que parece una mujer... *(Entra* TROFÍMOV; *viste raído uniforme de estudiante y lleva gafas.)* ¡Qué huerto tan maravilloso! ¡Masas de flores blancas, cielo azul!...

TROFÍMOV
¡Lyubóv Andréyevna! *(Ella se vuelve para mirarle.)* Sólo vengo a saludarla y me voy en seguida. *(Le besa calurosa-*

mente la mano.) Me dijeron que esperase hasta la mañana, pero no he podido aguantar la impaciencia.

(LYUBÓV ANDRÉYEVNA *le mira perpleja.)*

VÁRYA *(Entre lágrimas.)*
Éste es Pétya Trofímov...

TROFÍMOV
Pétya Trofímov, el que fue tutor de su Grísha... ¿Es que he cambiado tanto?

(LYUBÓV ANDRÉYEVNA *le abraza y llora calladamente.)*

GÁYEV *(Turbador.)*
¡Basta, basta ya, Lyúba!

VÁRYA *(Llorando.)*
¡Pero, Pétya, si te dije que esperaras hasta mañana!

LYUBÓV ANDRÉYEVNA
¡Mi Grísha!... ¡Mi niño!... ¡Grísha!... ¡Hijo mío!...

VÁRYA
¡Qué le vamos a hacer, mamá! Fue la voluntad de Dios.

TROFÍMOV *(Suavemente y emocionado.)*
¡Vamos, vamos, por favor!...

LYUBÓV ANDRÉYEVNA *(Llorando calladamente.)*
¡Mi niño muerto, ahogado!... ¿Y por qué? ¿Por qué, amigo mío? *(En voz aún más baja.)* Ahí está durmiendo Ánya y aquí estoy yo gritando y dando un espectáculo... Bueno, Pétya, ¿cómo es que ha perdido usted su buen palmito? ¿Por qué ha envejecido?

TROFÍMOV
En el tren una campesina me llamó «un señor apolillado».

LYUBÓV ANDRÉYEVNA
Entonces era usted un muchacho, un estudiante simpático, y ahora ya tiene el pelo ralo y usa gafas. ¿Es usted estudiante todavía? *(Se dirige a la puerta.)*

TROFÍMOV
Lo posible es que sea un estudiante eterno.

LYUBÓV ANDRÉYEVNA *(Besa a su hermano y luego a* VÁRYA.)
¡Hala, a acostarse ahora!... Tú también has envejecido, Leoníd!

PÍSCHIK *(Yendo tras ella.)*
Conque va a acostarse... ¡Ay, esta gota de mis pecados! Mejor será que me quede aquí esta noche. Y mañana por la mañana, Lyubóv Andréyevna, querida mía, me presta usted esos doscientos cuarenta rublos...

GÁYEV
Vuelta a lo mismo.

PÍSCHIK
Doscientos cuarenta rublos... para pagar el interés de la hipoteca.

LYUBÓV ANDRÉYEVNA
No tengo dinero, amigo.

PÍSCHIK
Se lo devolveré, querida mía... Es una cantidad ínfima...

LYUBÓV ANDRÉYEVNA
Bueno. Está bien. Se la dará Leoníd... Dásela tú, Leoníd.

GÁYEV
¿Dársela? ¡Ni por pienso!

LYUBÓV ANDRÉYEVNA
¿Qué hacer? Dásela... La necesita... Ya la pagará.

(Salen LYUBÓV ANDRÉYEVNA, TROFÍMOV, PÍSCHIK *y* FIRS. *Permanecen en escena* GÁYEV, VÁRYA *y* YÁSHA.)

GÁYEV
Mi hermana no ha perdido la costumbre de derrochar el dinero. *(A* YÁSHA.) Quítate de en medio, chico, que hueles a cocina.

YÁSHA *(Con sarcasmo.)*
Ya veo que es usted el mismo de antes, Leoníd Andréyevich.

GÁYEV
¿Cómo? *(A* VÁRYA.) ¿Qué ha dicho?

VÁRYA *(A* YÁSHA.)
Tu madre ha venido de la aldea. Desde anteayer está sentada en el comedor de servicio queriendo verte.

YÁSHA
¡Que me deje en paz!

VÁRYA
¿Pero no tienes vergüenza?

YÁSHA
Ni falta que me hace. Pudiera haber venido mañana.

(Sale.)

VÁRYA

Mamá está lo mismo que antes. No ha cambiado ni pizca. Si estuviera en su mano, lo repartiría todo.

GÁYEV

Sí... *(Pausa.)* Si para curar una enfermedad se proponen muchos remedios, eso quiere decir que la enfermedad es incurable. Yo cavilo mucho, me caliento los sesos y encuentro muchos recursos, muchísimos, lo que en realidad significa que no hay ni uno solo. Estaría muy bien heredar dinero de alguien, estaría muy bien casar a Ánya con un hombre muy rico, estaría muy bien ir a Yaroslávl y probar suerte con nuestra tía la condesa. Porque la tía es rica, riquísima.

VÁRYA *(Llorando.)*

¡Si Dios nos ayudara!

GÁYEV

¡Nada de lloriqueo! Nuestra tía es muy rica, pero a nosotros no nos quiere. En primer lugar, porque mi hermana se casó con un procurador y no con un noble...

(ÁNYA *aparece en la puerta.)*

No se casó con un noble... Y cabe decir que su conducta no ha sido muy ejemplar. Es una mujer de buen corazón, generosa, excelente, y yo le tengo mucho cariño, pero cualesquiera que sean las circunstancias atenuantes hay que reconocer que es ligera de cascos. Lo que se echa de ver en el menor movimiento que hace.

VÁRYA *(Susurrando.)*

Que Ánya está en la puerta...

GÁYEV

¿Qué? *(Pausa.)* Cosa rara. Se me ha metido algo en el ojo derecho y no veo bien. Y el jueves, cuando estuve en el Tribunal del Distrito...

(Entra ÁNYA.)

VÁRYA

¿Cómo es que no estás durmiendo, Ánya?

ÁNYA

Es que no puedo dormir. No puedo, eso es todo.

GÁYEV

¡Mi niña preciosa! *(Besa la cara y las manos de* ÁNYA.) ¡Hijita mía!... *(Entre lágrimas.)* Tú no eres mi sobrina; eres mi ángel. Tú lo eres todo para mí. Créeme; por favor, créeme...

ÁNYA

Te creo, tío. Todo el mundo te quiere y te respeta... Pero, querido tío, necesitas no hablar tanto, callar más. ¿Qué decías hace un momento de mi madre, de tu propia hermana? ¿Por qué decías eso?

GÁYEV

Sí, sí... *(Se cubre la cara con la mano de ella.)* Tienes razón, es horrible. ¡Dios mío, Dios mío, sálvame! Y el discurso que he pronunciado hoy delante del armario... ¡tan estúpido! Sólo cuando terminé me di cuenta de lo estúpido que era.

VÁRYA

Sí, es verdad, tío. Deberías hablar menos. Estarte callado; eso es todo.

ÁNYA

Si callaras más, tú mismo te sentirías más tranquilo.

GÁYEV

Callaré. *(Besa la mano a* ÁNYA *y* VÁRYA.) Callaré, sí. Pero oíd lo que voy a deciros. El jueves estuve en el Tribunal del Distrito, y hablando de varias cosas con algunos amigos saqué la conclusión de que será posible firmar pagarés para obtener un préstamo y pagar el interés al banco.

VÁRYA

¡Si Dios nos ayudara!

GÁYEV

Iré otra vez el martes y volveré a hablar del asunto. *(A* VÁRYA.) Deja ese lloriqueo. *(A* ÁNYA.) Tu madre hablará con Lopáhin y él, por supuesto, no se lo negará... Y tú, cuando hayas descansado, irás a Yaroslávl a ver a tu abuela la condesa. Así pues, vamos a operar en tres frentes... y el asunto quedará resuelto. Estoy seguro de que pagaremos el interés... *(Se lleva un caramelo a la boca.)* ¡Juro por mi honor, y por lo que más quieras, que no se venderá la finca! *(Exaltado.)* ¡Apuesto mi felicidad! Aquí tienes mi mano; llámame pillo o sinvergüenza si permito que se lleve a cabo la subasta. ¡Te lo juro por mi alma!

ÁNYA *(Más tranquila y con muestras de estar feliz.)*

¡Qué bueno eres, tío! ¡Y qué sensato! *(Abraza a su tío.)* Ya me siento más tranquila. ¡Mucho más! ¡Y feliz también!

(Entra FIRS.)

FIRS *(En tono de reproche.)*

Leoníd Andréyevich, ¿pero no le da vergüenza? ¿Cuándo se va a acostar?

GÁYEV

En seguida, en seguida. Ve tú a acostarte, que yo me las arreglo solo. Bien, niñas, buenas noches... Los detalles se quedan para mañana; ahora debéis acostaros. *(Besa a* ÁNYA *y* VÁRYA.) Soy un hombre de los años ochenta... Hoy no se aprecia mucho esa época, pero en todo caso puedo decir que durante mi vida he padecido bastante a causa de mis convicciones. ¡Por algo me quieren los campesinos! ¡Hay que conocer a los campesinos! Hay que saber cómo abordar...

ÁNYA

¡Tío, ya empiezas otra vez!

VÁRYA

Más vale que calles, tío.

FIRS *(Severamente.)*

¡Leoníd Andréyevich!

GÁYEV

¡Ya voy, ya voy!... Acuéstate tú... A dos bandas y en la tronera de en medio. Le doy a la blanca... *(Sale, y* FIRS, *renqueando, va tras él.)*

ÁNYA

Ahora estoy tranquila. No me apetece ir a Yaroslávl, porque no le tengo afecto a la abuela, pero de todos modos estoy tranquila. Gracias al tío. *(Se sienta.)*

VÁRYA

Necesito dormir. Voy a acostarme. A propósito, mientras estabas de viaje ocurrió una cosa desagradable. Ya sabes que en la vivienda de la servidumbre sólo quedan unos cuantos viejos: Yefímyushka, Pólya, Yevstignéi y Karp.

Pues bien, dejaron que unos vagabundos pasaran la noche allí... y yo no dije nada. Pero poco después oí un rumor, a saber, que yo había mandado que no se les diera de comer más que guisantes secos. De avarienta que soy, ya ves... El que empezó el rumor fue Yevstignéi... «Bueno –me dije–, si así están las cosas, espera y verás». Mandé buscar a Yevstignéi... *(Bosteza.)* Llega él... «¿Qué es esto que oigo, Yevstignéi –le digo–, so idiota...?» *(Se acerca a* ÁNYA.) ¡Ánychka! *(Pausa.)* ¡Está dormida!... *(La coge del brazo.)* Vámonos a la cama... ¡Vamos!... *(Se la lleva.)* ¡Mi niña preciosa se ha dormido! Vamos... *(Van hacia la puerta. De lejos, de más allá del huerto, llega el sonido de una flauta pastoril.* TROFÍMOV *cruza la escena y, al ver a* ÁNYA *y* VÁRYA, *se detiene.)*

VÁRYA
Chsss... Está dormida... dormida... Vamos, cariño.

ÁNYA *(En voz baja y medio dormida.)*
Estoy tan cansada..., oigo campanillas... Tío... querido... Mamá y el tío...

VÁRYA
Vamos, cariño, vamos... *(Entra en la habitación de* ÁNYA.)

TROFÍMOV *(Con ternura.)*
¡Mi lucero! ¡Mi flor de mayo!

TELÓN

Acto segundo

Campo abierto. Una vieja capilla, ligeramente inclinada de un lado y evidentemente abandonada desde tiempo atrás. Junto a ella un pozo, un banco viejo y unas piedras grandes que al parecer fueron en un tiempo losas sepulcrales. Un camino conduce a la finca de GÁYEV. *A un lado se yergue una hilera de chopos, que marcan el comienzo del jardín de los cerezos. A lo lejos se ve una fila de palos de telégrafo, y mucho más allá, en el horizonte, se vislumbra vagamente una gran ciudad, visible sólo en buen tiempo. El sol está a punto de ponerse.* SHARLÓTTA, YÁSHA *y* DUNYÁSHA *están sentados en el banco;* YEPIHÓDOV, *de pie cerca de ellos, toca una guitarra; todos parecen meditabundos.* SHARLÓTTA *tiene puesto un gorro viejo de visera; se ha quitado del hombro una escopeta y está ajustando la hebilla de la correa.*

SHARLÓTTA *(En tono pensativo.)*

No tengo un verdadero pasaporte y no sé cuántos años tengo, pero sigo creyendo que soy todavía bastante joven. Cuando era pequeña, mi padre y mi madre iban de feria en feria dando funciones, y muy buenas por cierto. Y yo daba el salto mortal y hacía toda clase de trucos. Y cuando murieron papá y mamá, me recogió en su casa una señora alemana y empezó a darme lecciones. Todo muy bien. Fui creciendo y me hice institutriz. Pero de dónde vengo y quién soy, no lo sé... Tampoco sé quiénes fueron mis padres ni si estuvieron casados como Dios manda. *(Saca un pepino del bolsillo y empieza a comérselo.)* No sé nada. *(Pausa.)* Quisiera hablar con alguien, pero no hay nadie... No tengo a nadie.

YEPIHÓDOV *(Tocando la guitarra y cantando.)*
«¿Qué me importa el mundanal ruido? ¿Qué me importan los amigos y enemigos?»... ¡Qué agradable es tocar la mandolina!

DUNYÁSHA
Eso no es una mandolina; es una guitarra. *(Se mira en un espejito y se pone polvos en la cara.)*

YEPIHÓDOV
Para un hombre que está loco de amor esto es una mandolina... *(Canta por lo bajo.)* «Si mi corazón ardiera al calor de un amor correspondido...»

(YÁSHA *le hace coro.)*

SHARLÓTTA
¡Pero qué horriblemente cantan éstos!... Como si fueran chacales.

DUNYÁSHA *(A* YÁSHA.)
¡Qué suerte la de usted... haber estado en el extranjero!

YÁSHA
Sí, claro. No puedo menos de estar de acuerdo con usted. *(Bosteza; luego enciende un cigarro.)*

YEPIHÓDOV

Es natural. En el extranjero está todo en pleno desarrollo desde hace mucho tiempo.

YÁSHA

Por supuesto.

YEPIHÓDOV

Yo soy un hombre culto, leo toda clase de libros de interés excepcional, pero no alcanzo a comprender hacia dónde voy, qué es lo que verdaderamente quiero, si quiero vivir o pegarme un tiro, por así decirlo. En cualquier caso, llevo siempre un revólver conmigo. Aquí está... *(Enseña el revólver.)*

SHARLÓTTA

Ya he terminado. Ahora me voy. *(Carga con la escopeta.)* Sí, Yepihódov, eres un chico muy listo, pero también espeluznante; de seguro que las mujeres se enamoran perdidamente de ti. *(Hace un gesto de horror y se dispone a irse.)* Toda esta gente lista es tan estúpida..., no tengo con quien hablar. Siempre sola, siempre sola, no tengo a nadie... y nadie sabe quién soy y por qué vivo... *(Sale sin apresurarse.)*

YEPIHÓDOV

Hablando con propiedad, y sin salirme del tema, debo decir de mí, entre otras cosas, que el Destino me ha tratado sin compasión, igual que una tempestad trata a un barquichuelo. Pero pongamos que me equivoco; entonces, por vía de ejemplo, ¿por qué, cuando me desperté esta mañana, miro y veo plantada en mi pecho una araña colosal?... Así de grande. *(Hace un gesto con ambas manos.)* Y supongamos que tomo un jarro de *kvas* para echar un trago..., pues allí de seguro que hay algo sumamente desagradable, por ejemplo, una cucaracha. *(Pausa.)* ¿Ha leído usted a Buckle?

(Pausa.) Si no le molesta, Avdótya Fyódorovna, quisiera decirle un par de palabras.

DUNYÁSHA
Dígalas.

YEPIHÓDOV
Quisiera decírselas a solas. *(Suspira.)*

DUNYÁSHA *(Algo cortada.)*
Muy bien... Pero primero tráigame mi capa... Está colgada junto al ropero... Hace bastante fresco aquí...

YEPIHÓDOV
Bueno... se la traigo... Ahora ya sé lo que tengo que hacer con mi revólver... *(Coge la guitarra y sale pulsándola.)*

YÁSHA
¡Veintidós calamidades! ¡Qué tío más tonto, hablando aquí entre nosotros! *(Bosteza.)*

DUNYÁSHA
¡Dios quiera que no se pegue un tiro! *(Pausa.)* Me he vuelto aprensiva; todo me inquieta. Me trajeron a casa de los señores cuando aún era niña, y ahora he perdido la costumbre de la vida sencilla. Tengo las manos tan blancas como las de una señorita. Me he vuelto blanda y delicada como una dama de la nobleza; todo me da miedo..., todo. Y si usted, Yásha, me engaña, no sé lo que será de mis nervios.

YÁSHA *(Besándola.)*
¡Mi perita en dulce! Por supuesto, toda muchacha debe dominarse. A mí lo que más me desagrada es una muchacha que no se comporta bien.

DUNYÁSHA

Yo le quiero a usted con delirio. Es usted un hombre culto, que puede discutir de todo.

(Pausa.)

YÁSHA *(Bostezando.)*

Pues sí... A mi modo de ver, si una muchacha quiere a alguien, ello significa que es inmoral. *(Pausa.)* Es agradable fumar un cigarro al aire libre... *(Escucha.)* Alguien viene hacia aquí... Son los señores. (DUNYÁSHA *le abraza impulsivamente.)* Váyase a casa, como si volviera usted de bañarse en el río; tome esta vereda, porque de lo contrario tropezará usted con ellos y pensarán que usted y yo nos hemos dado cita aquí. Eso yo no lo puedo tolerar.

DUNYÁSHA *(Tosiendo levemente.)*

Ese cigarro de usted me ha dado dolor de cabeza...

(YÁSHA *permanece en escena, sentado junto a la capilla. Entran* LYUBÓV ANDRÉYEVNA, GÁYEV *y* LOPÁHIN.)

LOPÁHIN

Es preciso decidirse de una vez, porque el tiempo no espera. Y la cuestión es bien sencilla. ¿Consiente usted en dar en arriendo sus tierras para chalets de verano, o no? Conteste con una sola palabra: ¿sí o no? Sólo una palabra.

LYUBÓV ANDRÉYEVNA

¿Quién ha estado fumando aquí cigarros tan repugnantes?... *(Se sienta.)*

GÁYEV

¡Qué cómodo es tener cerca el ferrocarril! *(Se sienta.)* Hemos ido a almorzar a la ciudad y ya estamos de vuelta.

¡Meto el mingo en la tronera de en medio! Me gustaría entrar en casa y jugar una partida, aunque sólo fuese una...

LYUBÓV ANDRÉYEVNA
Tienes tiempo bastante.

LOPÁHIN
¡Sólo una palabra! *(En tono implorante.)* ¡Déme una contestación!

GÁYEV *(Bostezando.)*
¿Qué dice?

LYUBÓV ANDRÉYEVNA *(Mirando su portamonedas.)*
Ayer tenía mucho dinero, pero hoy tengo muy poco. La pobre Várya, para economizar, nos está alimentando a todos con sopa de leche; y en la cocina, a los criados viejos no les da más que guisantes secos. Y aquí estoy yo, sin embargo, gastando dinero tontamente. *(Deja caer el portamonedas y se desparraman unas monedas de oro.)* Y ahora está rodando por el suelo... *(Irritada.)*

YÁSHA
Permítame, señora. Yo lo recojo en un momento. *(Recoge las monedas.)*

LYUBÓV ANDRÉYEVNA
Gracias, Yásha... ¿Por qué habré salido a almorzar?... Era una porquería ese restaurante de ustedes, con su música y sus manteles que olían a jabón... ¿Por qué hay que beber tanto, Leonld? ¿Por qué hay que comer tanto? ¿Por qué hay que hablar tanto? Hoy, en el restaurante, has vuelto a hablar demasiado, y todo fue un despropósito. Acerca de los años setenta, acerca de los decadentes. ¿Y a quién se lo decías? ¡Mira que hablar de los decadentes a los camareros!

LOPÁHIN
Sí, figúrese.

GÁYEV *(Alzando los brazos en gesto de desaliento.)*
Bien se ve que soy incorregible. *(A* YÁSHA, *con irritación.)* ¿Por qué estás siempre revoloteando delante de mí?...

YÁSHA *(Riendo.)*
Es que no puedo oír la voz de usted sin reír.

GÁYEV *(A su hermana.)*
O se va él o me voy yo...

LYUBÓV ANDRÉYEVNA
Vete, Yásha, lárgate...

YÁSHA *(Dando el portamonedas a* LYUBÓV ANDRÉYEVNA.)
En seguida me voy. *(Conteniendo a duras penas la risa.)* Ahora mismo. *(Sale.)*

LOPÁHIN
Ese ricachón, Derigánov, tiene la intención de comprar la finca de usted. Va a estar presente en la subasta.

LYUBÓV ANDRÉYEVNA
¿Dónde ha oído usted eso?

LOPÁHIN
Lo estaban diciendo en la ciudad.

GÁYEV
Nuestra tía de Yaroslávl prometió enviarnos dinero, pero no se sabe cuándo ni cuánto...

LOPÁHIN
¿Y cuánto va a mandar? ¿Cien mil? ¿Doscientos mil?

LYUBÓV ANDRÉYEVNA
Bueno... Diez o quince mil... ¡y gracias!

LOPÁHIN
Perdonen que se lo diga, pero en mi vida he conocido a gente tan despistada, tan excéntrica y tan incapaz para los negocios como ustedes. Se les dice en palabras sencillas que su finca se va a poner en venta y ustedes... como si oyeran llover.

LYUBÓV ANDRÉYEVNA
¿Pero qué podemos hacer? Díganoslo usted.

LOPÁHIN
Se lo estoy diciendo todos los días. Todos los días les digo lo mismo. Deben dar en arriendo el huerto de los cerezos y los demás terrenos para la construcción de chalets de verano. Y hay que hacerlo ahora mismo, lo antes posible. ¡La subasta está al caer! ¡Compréndanlo! Una vez que decidan a favor de los chalets, podrán pedir prestado todo el dinero que quieran y estarán a salvo.

LYUBÓV ANDRÉYEVNA
¡Chalets y veraneantes! Perdone, pero eso es de una vulgaridad...

GÁYEV
Estoy enteramente de acuerdo contigo.

LOPÁHIN
Yo, francamente, o me echo a llorar, o me pongo a gritar o me desmayo. ¡No puedo aguantar esto! ¡Me vuelven ustedes loco! *(A GÁYEV.)* ¡Es usted una vieja comadre!

GÁYEV
¿Qué?

LOPÁHIN
¡Una vieja comadre! *(Se dispone a salir.)*

LYUBÓV ANDRÉYEVNA *(Alarmada.)*
No, no se vaya. ¡Quédese, amigo mío! Se lo ruego. Quizá podamos pensar en algo.

LOPÁHIN
¡Como si hubiera algo en que pensar!

LYUBÓV ANDRÉYEVNA
No se vaya, se lo ruego. Con usted aquí nos sentimos más animados... *(Pausa.)* Yo sigo aguardando que pase algo horrible, como si se nos fuera a caer la casa encima...

GÁYEV *(En honda meditación.)*
Tiro al rincón... y la meto en la tronera de en medio...

LYUBÓV ANDRÉYEVNA
Hemos pecado demasiado...

LOPÁHIN
¿Pecado? ¿Cuáles han sido sus pecados?

GÁYEV *(Llevándose un caramelo a la boca.)*
Dicen que me he comido toda mi fortuna en caramelos... *(Ríe.)*

LYUBÓV ANDRÉYEVNA
¡Oh, mis pecados!... Toda mi vida he derrochado el dinero sin parar, como una loca. Y encima me casé con un hombre que no sabía más que amontonar deudas. Mi marido murió de beber champaña –era un bebedor terrible– y entonces, por desgracia mía, conocí a otro hombre, con el que tuve amoríos. Y precisamente en ese tiempo –y ése fue mi primer castigo, una puñalada en el corazón– mi hijito

murió ahogado aquí, en este río..., y entonces me fui al extranjero, me fui para siempre, para no volver nunca y no ver jamás ese río... Cerré los ojos y me fui corriendo, sin darme cuenta de nada, pero *él* fue tras mí... ¡Un bruto, un hombre sin piedad! Compré una casa de recreo cerca de Mentone porque él cayó enfermo allí, y durante tres años no tuve un momento de descanso, ni de día ni de noche. El enfermo me tenía agotada; me parecía que se me había secado el alma. Y este año pasado, cuando hubo que vender la casa de recreo para pagar deudas, fui a París, y allí él me robó, me abandonó y se lió con otra... Yo intenté envenenarme... Aquello fue tan sórdido, tan vergonzoso... Pero de pronto me sentí atraída por Rusia, por mi patria y por mi hijita. *(Se enjuga las lagrimas.)* ¡Ay, Dios mío, Dios mío, ten piedad de mí, perdóname mis pecados! ¡No me castigues más! *(Saca un telegrama del bolsillo.)* Lo he recibido hoy de París... Me pide perdón y me ruega que vuelva... *(Rompe el telegrama.)* Me parece oír música... *(Se pone a escuchar.)*

GÁYEV

Es nuestra célebre orquesta judía. ¿No te acuerdas? Cuatro violines, una flauta y un contrabajo.

LYUBÓV ANDRÉYEVNA

¡Ah! ¿Pero existe todavía? Convendría llamarlos para que algún día tuviéramos aquí una velada.

LOPÁHIN *(Escuchando.)*

No oigo nada... *(Cantando por lo bajo.)* «Y los alemanes harán por dinero de un ruso un francés...» *(Ríe.)* Vi ayer en el teatro una pieza tan divertida...

LYUBÓV ANDRÉYEVNA

De seguro que no sería tan divertida. En vez de ir al teatro debería usted atender a sí mismo. Piense en la vida tan insulsa que lleva y en las muchas tonterías que dice.

LOPÁHIN

Es verdad. Hay que reconocerlo. Llevamos una vida estúpida... *(Pausa.)* Mi padre era campesino, un zopenco que no comprendía nada, que no me enseñó nada, y que la emprendía a estacazos conmigo cuando estaba borracho. A decir verdad, yo soy tan idiota y tan zopenco como él. Nadie me ha enseñado nada, mi letra son garabatos, y me da vergüenza que los vea la gente. En fin, como los de un cerdo.

LYUBÓV ANDRÉYEVNA

Amigo mío, debiera usted casarse.

LOPÁHIN

Sí... Es verdad.

LYUBÓV ANDRÉYEVNA

Con nuestra Várya. Es una chica excelente.

LOPÁHIN

Sí.

LYUBÓV ANDRÉYEVNA

Viene de una familia común y corriente, trabaja todo el día y, lo que es más importante, le quiere a usted. Y a usted también le gusta desde hace mucho tiempo.

LOPÁHIN

Pues... yo no me opongo... Es una buena chica.

(Pausa.)

GÁYEV

Me han ofrecido una colocación en el banco. Seis mil al año... ¿Has oído?

LYUBÓV ANDRÉYEVNA
Claro que sí. Lo mejor es que te quedes donde estás...

(Entra FIRS; *trae un gabán.)*

FIRS *(A* GÁYEV.)
Por favor, señor, póngaselo, que hace frío.

GÁYEV *(Poniéndose el gabán.)*
¡Pero qué fastidioso eres!

FIRS
¡Vaya, vaya! Esta mañana salió usted sin decírmelo.

(Le examina para ver cómo está.)

LYUBÓV ANDRÉYEVNA
¡Cómo has envejecido, Firs!

FIRS
¿Qué desea la señora?

LOPÁHIN
Dice que has envejecido mucho.

FIRS
Es que vivo desde hace mucho tiempo. Iban a casarme aun antes de nacer el padre de usted... *(Ríe.)* Y cuando llegó la emancipación de los siervos ya era yo el principal ayuda de cámara. No acepté la emancipación entonces, y me quedé con los señores. *(Pausa.)* Recuerdo que todo el mundo estaba contento, pero nadie sabía por qué lo estaba.

LOPÁHIN
¡Ah, qué buena vida era aquélla! ¡Por lo menos vapuleaban a la gente!

FIRS *(Que no le ha oído.)*
¡Y que lo diga usted! Los campesinos pertenecían a los señores y los señores a los campesinos; y ahora todo está separado y nadie entiende nada.

GÁYEV
Cállate, Firs. Mañana tengo que ir a la ciudad. Me han prometido presentarme a un general que quizá pueda prestarnos dinero sobre pagarés.

LOPÁHIN
No habrá nada de eso. En todo caso, no podría pagar los intereses.

LYUBÓV ANDRÉYEVNA
Se hace ilusiones. No hay general que valga.

(Entran TROFÍMOV, ÁNYA *y* VÁRYA.)

GÁYEV
Ahí viene nuestra gente.

ÁNYA
Aquí está mamá.

LYUBÓV ANDRÉYEVNA *(Con ternura.)*
Venid acá, queridas mías... *(Abraza a* ÁNYA *y* VÁRYA.) ¡Si vosotras dos supierais cuánto os quiero! Sentaos junto a mí. Sí, aquí.

(Todos se sientan.)

LOPÁHIN
Nuestro «eterno estudiante» siempre acompañando a las señoritas.

TROFÍMOV
Eso no le importa a usted.

LOPÁHIN
Pronto tendrá cincuenta años y sigue siendo estudiante.

TROFÍMOV
Déjese de bromas estúpidas.

LOPÁHIN
¿Pero por qué se sulfura? ¡Vaya tío raro!

TROFÍMOV
¿Y usted por qué está siempre pinchándome?

LOPÁHIN *(Riendo.)*
Permítame la pregunta: ¿qué opinión tiene usted de mí?

TROFÍMOV
Mi opinión de usted, Yermolái Alekséyevich, es la siguiente: Es usted un hombre rico y pronto llegará a millonario. Y es usted necesario por lo mismo que lo es un animal feroz, a saber, porque devora cuanto encuentra a su paso y lo transforma en otra clase de materia.

(Todos ríen.)

VÁRYA
Más vale que nos hable usted de los planetas, Pétya.

LYUBÓV ANDRÉYEVNA
No. Sigamos con la conversación de ayer.

TROFÍMOV
¿De qué hablábamos?

GÁYEV
Del hombre orgulloso.

TROFÍMOV
Ayer hablamos mucho, pero no llegamos a un acuerdo. El hombre orgulloso, en el sentido en que ustedes lo entienden, tiene algo de místico. Quizá, en cierto modo, tengan ustedes razón. Pero si lo pensamos sencillamente, sin adornos ingeniosos, surge la pregunta: ¿qué motivo tenemos de ser orgullosos? ¿Qué sentido tiene que el hombre sea orgulloso cuando es un ser que no está bien construido fisiológicamente, y además, en la inmensa mayoría de los casos, es grosero, ignorante y profundamente infeliz? Hay que poner coto a esta admiración de sí mismo. Lo único preciso es trabajar.

GÁYEV
En todo caso, hay que morir.

TROFÍMOV
¿Quién sabe? Y, además, ¿qué quiere decir eso: morir? Puede ser que el hombre tenga cien sentidos, y que sólo los cinco que conocemos perezcan con la muerte, mientras que los noventa y cinco restantes siguen viviendo.

LYUBÓV ANDRÉYEVNA
¿Qué listo es usted, Pétya!...

LOPÁHIN *(Irónicamente.)*
¡Una barbaridad!

TROFÍMOV
La humanidad sigue adelante, perfeccionando sus facultades. Todo aquello que ahora está fuera de nuestro alcance caerá un día bajo nuestro dominio y será comprendido;

ahora bien, para lograrlo es preciso trabajar, apoyar con todas nuestras fuerzas a quienes buscan la verdad. Aquí en Rusia son muy pocos hasta ahora los que trabajan. La inmensa mayoría de los intelectuales que conozco no buscan nada, no hacen nada y son todavía incapaces de trabajar. Se llaman a sí mismos intelectuales, pero todavía hablan a sus criados de tú, tratan a los campesinos como si fueran animales, estudian sin aprender mucho, no leen nada verdaderamente serio; en fin, no hacen maldita la cosa. En cuanto a la ciencia, sólo hablan de ella; y de arte es muy poco lo que entienden. Todos ponen cara muy seria, de expresión severa, y sólo hablan o filosofan de cosas importantes. Sin embargo, en los ojos de nuestros trabajadores vemos que comen mal, que duermen en camas infames, treinta o cuarenta en la misma habitación, con chinches, malos olores, humedad e inmoralidad... Y es evidente que todas nuestras palabras rimbombantes tienen como único fin engañarnos a nosotros mismos y engañar a los demás. Si no, díganme ustedes: ¿dónde están esas guarderías infantiles de que hablamos tanto y tan a menudo? ¿Dónde están esas salas de lectura? De ellas sólo se escribe en las novelas, pero en la realidad no existen. No hay más que mugre, mezquindad y costumbres bárbaras... Les tengo miedo a esas caras tan serias; no me gustan. Les tengo miedo a las conversaciones serias. ¡Mejor sería no despegar los labios!

LOPÁHIN

Pues sepa usted que yo me levanto poco después de las cinco de la mañana y trabajo desde la mañana hasta la noche. Además manejo no sólo mi propio dinero, sino el de otros, y hay ocasión de ver qué clase de gente tengo a mi alrededor. Basta empezar cualquier clase de trabajo para darse cuenta de qué poca gente honrada y decente hay en este mundo. En ocasiones, cuando no puedo dormir, pienso y me digo: «Dios, nuestro Señor, nos ha dado bosques enormes, campos inmensos, horizontes inabarcables; y viviendo en un país así deberíamos ser verdaderos gigantes...».

LYUBÓV ANDRÉYEVNA
¿Para qué necesita usted gigantes?... Sólo están bien en los cuentos; por lo demás, sólo sirven para asustar. *(Por el fondo de la escena cruza* YEPIHÓDOV *tocando la guitarra.)* Ahí va Yepihódov...

ÁNYA *(Pensativa.)*
Por ahí va Yepihódov...

GÁYEV
Se ha puesto el sol, señoras y señores.

TROFÍMOV
Sí.

GÁYEV *(En voz templada, como si recitase una poesía.)*
¡Oh, gloriosa Naturaleza, que brillas con luz eterna, tan bella y tan indiferente a nuestra suerte...! Tú, a quien llamamos Madre, que unes en ti misma a la Vida y a la Muerte; tú, que vives y destruyes...

VÁRYA *(Con voz implorante.)*
¡Tío!...

ÁNYA
¡Ya empiezas otra vez, tío!

TROFÍMOV
Lo mejor será retroceder contra el mingo... y, ¡zas!, a la tronera de en medio.

GÁYEV
Me callo, me callo.

(Todos están sentados y absortos en sus meditaciones. Sólo rompe el silencio el murmullo apagado de FIRS. *De pronto se oye un sonido lejano que parece venir del cielo, algo así como el chasquido de una cuerda que se rompe y que va apagándose lenta y tristemente.)*

LYUBÓV ANDRÉYEVNA
¿Qué es eso?

LOPÁHIN
No sé. Será que se habrá roto un cable en una de las minas de por allá. Pero habrá sido muy lejos.

GÁYEV
O quizá algún pájaro... Alguna garza real, quizá.

TROFÍMOV
O un búho...

LYUBÓV ANDRÉYEVNA *(Estremeciéndose.)*
No sé por qué me pareció un sonido desagradable.

(Pausa.)

FIRS
Lo mismo que antes de la desgracia. Ululó el búho y el samovar siguió silbando...

GÁYEV
¿Antes de qué desgracia?

FIRS
Antes de la emancipación.

(Pausa.)

LYUBÓV ANDRÉYEVNA
Bueno, amigos, vámonos ya, que está oscureciendo. *(A* ÁNYA.*)* Tienes lágrimas en los ojos... ¿Qué te pasa, nena? *(La abraza.)*

ÁNYA
No te preocupes, mamá. No es nada.

TROFÍMOV
Alguien viene.

(Entra un VAGABUNDO. *Viste gorra blanca de visera y abrigo; está un poco bebido.)*

VAGABUNDO
Por favor, ¿puedo pasar por aquí para ir derecho a la estación?

GÁYEV
Sí. Siga por este camino.

VAGABUNDO
Le estoy muy agradecido. *(Tose.)* Hoy hace un tiempo espléndido... *(Declama.)* «Oh, hermano mío, mi hermano doliente... Ven al padre Volga, cuyos gemidos...» *(A* VÁRYA.*)* ¿Mademoiselle, puede un ciudadano ruso con hambre solicitar de usted treinta kopeks?

(VÁRYA, *asustada, da un grito.)*

LOPÁHIN *(Enojado.)*
¡Esto es ya inaguantable!

LYUBÓV ANDRÉYEVNA *(Sin saber qué hacer.)*
Tome..., aquí tiene. *(Busca en su portamonedas.)* No tengo una de plata... No importa, aquí tiene una de oro...

VAGABUNDO
Le estoy vivamente agradecido. *(Sale.)*

(Risa general.)

VÁRYA *(Asustada.)*
¡Me voy! ¡Me voy!... ¡Ay, mamá! En casa los criados no tienen qué comer y usted le ha dado a ése una moneda de oro.

LYUBÓV ANDRÉYEVNA
¿Pero qué se puede hacer conmigo, tonta que soy? Te daré en casa todo lo que tengo. Yermolái Alekséyevich, présteme algo más.

LOPÁHIN
Pues claro que sí.

LYUBÓV ANDRÉYEVNA
Vamos, señoras y señores, que ya es hora. Várya, te felicito, porque ya tenemos tu casamiento casi arreglado.

VÁRYA *(Entre lágrimas.)*
Eso no es cosa de bromas, mamá.

LOPÁHIN
¡Oh melia, vete a un convento!

GÁYEV
Me están temblando las manos: hace mucho que no juego al billar.

LOPÁHIN
¡Oh melia, oh ninfa, recuérdame en tus oraciones!

LYUBÓV ANDRÉYEVNA
Vamos, señoras y señores, que es casi hora de cenar.

VÁRYA

Ese hombre me ha asustado. El corazón me da brincos en el pecho.

LOPÁHIN

Señoras y señores: quiero recordarles que el veintidós de agosto se venderá el huerto de los cerezos. ¡Piensen en ello! ¡Piénsenlo!

(Todos salen, salvo TROFÍMOV *y* ÁNYA.)

ÁNYA *(Riendo.)*

Gracias al vagabundo que asustó a Várya estamos solos ahora.

TROFÍMOV

Várya tiene miedo..., miedo de que usted y yo nos enamoremos de pronto, y no nos quita los ojos de encima en todo el día. No le cabe en la cabeza que nosotros estamos por encima del amor; que el objeto y sentido de nuestra vida consisten en desprendernos de lo trivial y lo ilusorio, de todo lo que nos impide ser libres y felices. ¡Adelante, pues! Vamos irresistiblemente hacia aquella estrella rutilante que se ve allá en la lejanía. ¡Adelante! ¡No os quedéis atrás, amigos!

ÁNYA *(Alzando los brazos.)*

¡Qué bien habla usted! *(Pausa.)* Hoy se está aquí maravillosamente.

TROFÍMOV

Sí. El tiempo es soberbio.

ÁNYA

¿Qué ha hecho usted conmigo, Pétya? ¿Por qué no aprecio ahora el huerto de los cerezos tanto como antes? Antes lo quería con tanta ternura que creía que no había en el mundo un sitio mejor que nuestro huerto.

TROFÍMOV

Toda Rusia es nuestro huerto. La tierra es grande y hermosa y hay en ella muchos lugares espléndidos. *(Pausa.)* Piense, Ánya: su abuelo, su bisabuelo y todos sus antepasados fueron propietarios de siervos, dueños de almas vivas. ¿No ve usted seres humanos que la miran desde cada cerezo del huerto, desde cada hoja, desde cada tronco? ¿No oye usted voces?... Dueños de seres humanos... Eso es lo que les ha pervertido a ustedes, a los que vivieron en el pasado y a los que viven ahora; hasta el punto de que su madre de usted, su tío, usted misma, no se dan cuenta de que están en deuda, de que viven a costa de otros, a costa de aquellos a quienes no dejan ustedes pasar del zaguán... Llevamos por lo menos doscientos años de retraso, aún no tenemos nada que valga la pena, no tenemos una idea genuina de nuestro pasado. No hacemos más que filosofar, quejarnos de aburrimiento o beber vodka. Y, sin embargo, está bien claro que para vivir en el presente tenemos que empezar por expiar nuestro pasado y acabar con él; y podemos expiarlo sólo mediante el sufrimiento, sólo mediante un esfuerzo ímprobo e incesante. Comprenda usted eso, Ánya.

ÁNYA

La casa en que vivimos no es nuestra desde hace ya tiempo. Me iré de ella, palabra de honor.

TROFÍMOV

Váyase. Y si tiene usted llaves de esa casa, échelas al pozo. Sea libre como el viento.

ÁNYA

¡Qué bien lo ha dicho usted!

TROFÍMOV

¡Créame, Ánya, créame! Yo aún no tengo treinta años, soy joven y todavía estudiante, pero ¡cuánto he padecido ya! Tan pronto como llega el invierno empiezo a tener hambre, me siento enfermo, me veo inquieto y tan pobre como un mendigo, y no hay sitio donde no haya estado o adonde no me haya empujado el destino. Y, no obstante, en todo momento, noche y día, mi alma está rebosante de vagos presentimientos. Presiento la felicidad, Ánya, ya la veo...

ÁNYA *(Pensativa.)*

Ya sale la luna.

(Se oye a YEPIHÓDOV *tocar en su guitarra la misma canción melancólica de antes. Sale la luna. Del lado de los chopos* VÁRYA *está buscando a* ÁNYA *y se oye llamarla: «¡Ánya! ¿Dónde estás?».)*

TROFÍMOV

Sí, está saliendo la luna. *(Pausa.)* Ahí está... la felicidad... Se acerca cada vez más y ya oigo sus pasos. Y si no la vemos, si no la reconocemos cuando llega, ¿qué más da? ¡Otros la verán! *(La voz de* VÁRYA: *«¡Ánya! ¿Dónde estás?».)* ¡Otra vez esa Várya! *(Con enfado.)* ¡Es una vergüenza!

ÁNYA

Bueno, vámonos al río. Allí se está bien.

TROFÍMOV

Hala, vamos.

(Salen ambos. La voz de VÁRYA: *«¡Ánya! ¡Ánya!».)*

TELÓN

Acto tercero

Sala en casa de LYUBÓV ANDRÉYEVNA. *Comunicando con ella por una arcada está el salón de baile. Una araña ilumina la escena. Se oye una orquesta judía, mencionada en el Acto II, tocar en el vestíbulo. Es prima noche. En el salón se baila el Grand Rond. Se oye la voz de* SIMEÓNOV-PÍSCHIK: *«Promenade à une paire!», y el grupo entra en la sala.* PÍSCHIK *y* SHARLÓTTA IVÁNOVNA *forman la primera pareja; tras ella llegan* TROFÍMOV *y* LYUBÓV ANDRÉYEVNA, ÁNYA *con un empleado de correos,* VÁRYA *con el jefe de estación, etc.* VÁRYA *llora silenciosamente y mientras baila se enjuga las lágrimas.* DUNYÁSHA *forma parte de la última pareja. Cruzan la sala.* PÍSCHIK *grita: «Grand rond, balancez!» y «Les cavaliers à genoux et remerciez vos dames!».*

(FIRS, *de frac, cruza la escena llevando agua de seltz en una bandeja. Entran en la sala* PÍSCHIK *y* TROFÍMOV.)

PÍSCHIK

Tengo la tensión alta y ya me han dado dos ataques; por eso me resulta difícil bailar; pero, como dijo aquél, si estás en la jauría tienes que menear el rabo aunque no ladres. De hecho, soy tan fuerte como un caballo. Mi padre, que santa gloria haya, era un bromista y solía decir que el antiguo linaje de los Simeónov-Píschik desciende del mismísimo caballo que Calígula nombró senador... *(Se sienta.)* Pero lo malo es que no tenemos dinero. Un perro hambriento no piensa más que en comer... *(Se adormece, ronca y se despierta al instante.)* Igual que yo... No puedo pensar más que en dinero...

TROFÍMOV
Pues sí, por su facha tiene usted algo de caballuno.

PÍSCHIK
En fin, el caballo es un buen animal... y, además, se le puede vender...

(De la habitación vecina llega el sonido de alguien que está jugando al billar. VÁRYA *aparece en el salón bajo la arcada.)*

TROFÍMOV *(Tomándole el pelo.)*
¡Madame Lopáhina! ¡Madame Lopáhina!

VÁRYA *(Enojada.)*
¡Señor apolillado!

TROFÍMOV
Sí, soy un señor apolillado, ¡y a mucha honra!

VÁRYA *(Reflexionando amargamente.)*
Conque han contratado a los músicos... ¿Pero con qué se les va a pagar? *(Sale.)*

TROFÍMOV *(A* PÍSCHIK.*)*
Si la energía que ha malgastado usted durante su vida buscando dinero con que pagar los intereses de sus deudas, la

hubiera empleado en otra cosa, de seguro que hoy tendría usted el mundo patas arriba.

PÍSCHIK

El filósofo Nietzsche..., el más grande, el más célebre..., un hombre de talento colosal, dice en sus obras que está justificado falsificar billetes de banco.

TROFÍMOV

¿Ha leído usted a Nietzsche?

PÍSCHIK

Bueno..., no. Me lo ha dicho Dáshenka. Pero yo estoy ahora en tal situación que no me importaría falsificar billetes... Pasado mañana tengo que pagar trescientos diez rublos. Ya me he agenciado ciento treinta... *(Se palpa los bolsillos, alarmado.)* ¡Mi dinero ha desaparecido! ¡He perdido el dinero! *(Entre lágrimas.)* ¿Dónde está el dinero? *(Gozosamente.)* Aquí está, dentro del forro... El sobresalto me ha hecho sudar...

(Entran LYUBÓV ANDRÉYEVNA y SHARLÓTTA IVÁNOVNA.)

LYUBÓV ANDRÉYEVNA *(Cantando «Lezgínka» a media voz.)*

¿Por qué tarda tanto Leoníd? ¿Qué está haciendo en la ciudad? *(A* DUNYÁSHA.) Dunyásha, ofréceles té a los músicos...

TROFÍMOV

Quizá la subasta no haya tenido lugar...

LYUBÓV ANDRÉYEVNA

Y los músicos llegaron inoportunamente y el baile empezó a una hora inconveniente... Bueno, no importa...

(Se sienta y sigue cantando por lo bajo.)

SHARLÓTTA *(Alargando una baraja a* PÍSCHIK.)
Aquí tiene una baraja. Piense en una carta cualquiera.

PÍSCHIK
Ya he pensado.

SHARLÓTTA
Ahora baraje las cartas. Muy bien. Ahora démelas, mi simpático señor Píschik. *Ein, zwei, drei!* Ahora busque la suya. Ahí la tiene, en el bolsillo de la americana...

PÍSCHIK *(Sacando la carta del bolsillo.)*
¡El ocho de espadas, absolutamente exacto! *(Maravillado.)* ¡Asombroso!

SHARLÓTTA *(Con la baraja en la palma de la mano, a* TROFÍMOV.)
Dígame ahora mismo: ¿Qué carta es la que está encima?

TROFÍMOV
Pues... Vamos a ver, el caballo de espadas.

SHARLÓTTA
¡Aquí está! *(A* PÍSCHIK.) ¿Qué carta es la de encima?

PÍSCHIK
El as de copas.

SHARLÓTTA
¡Aquí lo tiene! *(Cubre la baraja con la mano y la baraja desaparece.)* ¡Qué tiempo tan bueno hace hoy! *(Una voz misteriosa de mujer, que al parecer viene de debajo del suelo, le contesta: «Sí, señorita, hoy hace un tiempo espléndido».)*

Eres encantadora, de veras que lo eres... *(La voz: «Y usted, señorita, también me gusta mucho».)*

JEFE DE ESTACIÓN *(Aplaudiendo.)*
¡Bravo, señora ventrílocua!

PÍSCHIK *(Atónito.)*
¡Asombroso! Sharlótta lvánovna, es usted fascinante. Estoy de veras enamorado de usted...

SHARLÓTTA
¿Enamorado? *(Se encoge de hombros.)* ¿Pero es usted capaz de amar? *Guter Mensch, aber schlechter Musikant.*

TROFÍMOV *(Dando a* PÍSCHIK *una palmada en el hombro.)*
¡Un perfecto caballo!...

SHARLÓTTA
¡Atención, por favor! Un truco más. *(Coge de una silla una manta de viaje.)* Aquí tienen una buena manta, que quiero vender... *(La abre.)* ¿Hay alguien que quiera comprarla?

PÍSCHIK
¡Asombroso!

SHARLÓTTA
Ein, zwei, drei! (Alza la manta y tras ella aparece ÁNYA; *ésta hace una reverencia, se acerca a su madre, la abraza y vuelve corriendo al salón entre el entusiasmo general.)*

LYUBÓV ANDRÉYEVNA *(Aplaudiendo.)*
¡Bravo, bravo!...

SHARLÓTTA
Uno más. *Ein, zwei, drei! (Alza la manta; tras ella aparece* VÁRYA, *que saluda.)*

PÍSCHIK *(Maravillado.)*
¡Pero hay que ver!

SHARLÓTTA
¡Se acabó! *(Echa la manta sobre* PÍSCHIK, *hace una reverencia y va corriendo al salón.)*

PÍSCHIK *(Deprisa tras ella.)*
¡Pero qué pícara!... ¡Qué picara! *(Sale.)*

LYUBÓV ANDRÉYEVNA
Y todavía no ha vuelto Leoníd. ¡No sé qué estará haciendo todo este tiempo en la ciudad! Porque ya habrá terminado todo allí: o se ha vendido la finca o no se ha verificado la subasta. ¿A qué viene tenernos tanto tiempo sin noticias?

VÁRYA *(Tratando de consolarla.)*
Tío Leoníd la habrá comprado. Estoy segura de ello.

TROFÍMOV *(En tono sarcástico.)*
¡Oh, sí!

VÁRYA
La abuela le ha mandado un poder notarial para que la compre en su nombre y le traspase a ella la hipoteca. Lo ha hecho por Ánya. Con la ayuda de Dios estoy segura de que tío Leoníd la comprará.

LYUBÓV ANDRÉYEVNA
La abuela ha mandado de Yaroslávl quince mil rublos para que se compre la finca en su nombre; porque de nosotros no se fía... Y ese dinero no alcanza ni para pagar los intereses. *(Se cubre la cara con las manos.)* Hoy se decide mi suerte, sí, mi suerte...

TROFÍMOV *(Embromando a* VÁRYA.)
¡Madame Lopáhina!

VÁRYA *(Enfadada.)*
¡El eterno estudiante! Ya le han expulsado a usted dos veces de la universidad.

LYUBÓV ANDRÉYEVNA
¿Por qué te enfadas, Várya? Él te toma el pelo por lo de Lopáhin, pero ¿qué de malo hay en eso? Si te apetece, ¿por qué no te casas con Lopáhin? Es buena persona, hombre interesante. Claro que si no te apetece, no te cases. Nadie te obliga a ello.

VÁRYA
Yo pienso en eso con toda seriedad, mamá..., y te lo digo con toda franqueza... Es buena persona y me gusta.

LYUBÓV ANDRÉYEVNA
Pues cásate con él. ¿A qué esperas? No lo comprendo.

VÁRYA
Mamá, yo no soy quien tiene que declararse. Desde hace un par de años todos me hablan de él, todos; y él o se calla o lo toma a chirigota. Yo lo comprendo. Se está enriqueciendo, está siempre metido en sus negocios y no tiene tiempo para ocuparse de mí. Si yo tuviera dinero, aunque fuera poco, cien rublos nada más, lo hubiera echado todo por alto y me hubiera ido lo más lejos posible. Me hubiera metido en un convento...

TROFÍMOV
¡Vaya vida hermosa!

VÁRYA *(A* TROFÍMOV.)
¡Claro, como estudiante tiene usted que hacerse el listo! *(En tono suave y lastimero.)* ¡Qué feo se ha puesto usted,

Pétya, y cómo ha envejecido! *(A* LYUBÓV ANDRÉYEVNA, *ya en tono normal.)* Lo que no puedo aguantar, mamá, es estar mano sobre mano. Tengo que estar en todo momento haciendo algo.

(Entra YÁSHA.)

YÁSHA *(Sin poder apenas contener la risa.)*
¡Yepihódov ha quebrado un taco de billar! *(Sale.)*

VÁRYA
¿Pero por qué está Yepihódov aquí? ¿Quién le ha dado permiso para jugar al billar? No comprendo a esta gente... *(Sale.)*

LYUBÓV ANDRÉYEVNA
No le tome el pelo, Pétya. ¿No ve usted que ya está alicaída?

TROFÍMOV
Es que es muy entrometida; siempre se está metiendo donde no la llaman. Durante todo el verano no nos ha dejado en paz ni a mí ni a Ánya. Teme que nos enamoremos ¿Y a ella, en eso, qué le va ni le viene? Además, yo no he dado la menor muestra de ello. Estoy muy lejos de esas fruslerías. Ánya y yo estamos por encima del amor.

LYUBÓV ANDRÉYEVNA
Y yo, por lo visto, estoy por debajo del amor. *(Con gran agitación.)* ¿Pero por qué no viene Leoníd? Sólo quiero saber si se ha vendido la finca o no. Esa desgracia me parece tan improbable que no sé qué pensar, estoy desorientada... Francamente, podría ponerme a chillar ahora mismo..., a hacer tonterías. Ayúdeme, Pétya. ¡Dígame algo, por favor!

TROFÍMOV

¿No da lo mismo si se vende o no se vende hoy la finca? Eso acabó hace ya tiempo, no se puede volver atrás, se han quemado los barcos. Tranquilícese, querida señora. No debe engañarse a sí misma; mire cara a cara a la verdad por una vez en su vida.

LYUBÓV ANDRÉYEVNA

¿Y qué verdad es ésa? Usted puede ver dónde está la verdad y dónde no está, pero yo he perdido el sentido de la vista y no veo nada. Usted resuelve audazmente todos sus problemas, pero ¿no es acaso, querido, porque es usted joven y no ha tenido tiempo para sufrir a resultas de ninguno de sus problemas? Usted mira resueltamente hacia delante, pero ¿no es quizá porque no ve ni espera nada horrible, porque la vida sigue aún oculta de sus ojos? Usted es más intrépido, más honrado y más serio que nosotros, pero considere nuestra situación, sea magnánimo, aunque sólo un poquito, y perdóneme. Porque yo nací aquí, aquí vivieron mis padres, también mi abuelo, y yo amo esta casa... No concibo la vida sin este huerto de los cerezos. Y si hay que venderlo, véndanme ustedes con él... *(Abraza a* TROFÍMOV *y le besa en la frente.)* Además aquí, como usted sabe, murió ahogado mi hijo... *(Llora.)* Tenga compasión de mí, mi querido y buen amigo.

TROFÍMOV

Ya sabe que la compadezco de todo corazón.

LYUBÓV ANDRÉYEVNA

Pero tiene usted que decirlo de otra manera... *(Saca un pañuelo y cae al suelo un telegrama.)* Hoy siento una pesadumbre que no puede usted figurarse. Este sitio es muy ruidoso, me estremezco cada vez que oigo algo y me pongo a temblar. Y, sin embargo, no puedo irme a mi habitación por el miedo que tengo a estar sola y en silencio... No me culpe, Pétya... Le quiero a usted como si fuese hijo mío... No vería inconveniente, se lo juro, en que se casase usted con Ánya, pero, amigo mío, tendrá usted que estudiar y terminar su carrera. No hace usted nada. El destino le empuja de un lado para otro..., cosa rara... ¿Verdad que sí? Y tendrá usted que hacer algo con esa barba, dejarla crecer de algún modo... *(Ríe.)* ¡Es usted muy divertido!

TROFÍMOV *(Recogiendo el telegrama.)*
No quiero ser guapo.

LYUBÓV ANDRÉYEVNA
Es un telegrama de París. Todos los días recibo uno. Ayer y hoy. Ese salvaje está enfermo otra vez y las cosas no le van nada bien... Me pide perdón, me ruega que vuelva y, a decir verdad, creo que debo ir a París y pasar algún tiempo con él. Pone usted cara seria, Pétya, pero ¿qué le voy a hacer, amigo mío, qué le voy a hacer? Está enfermo, solo, se siente desgraciado..., ¿y quién hay allí para mirar por él, para impedirle que haga tonterías, quién va a darle las medicinas cuando es debido? ¿Y por qué habría yo de ocultar y callar que le quiero? Claro está que le quiero. Le quiero, le quiero... Ésa es la piedra que tengo atada al cuello y que acabará por hundirme, pero le quiero y no puedo vivir sin él. *(Le aprieta la mano a* TROFÍMOV.*)* No piense mal de mí, Pétya, no hable, no diga nada...

TROFÍMOV *(Entre lágrimas.)*
Por amor de Dios, perdone mi franqueza, pero ese hombre la ha estado robando.

LYUBÓV ANDRÉYEVNA
¡No, no, no! ¡No debe usted hablar así! *(Se tapa los oídos.)*

TROFÍMOV
¡Pero si es un sinvergüenza, y usted es la única que no lo sabe! Un sinvergüenza mezquino, una nulidad...

LYUBÓV ANDRÉYEVNA *(Enojada, pero dominándose.)*
Usted tiene veintiséis o veintisiete años, pero sigue siendo un colegial de secundaria.

TROFÍMOV
¡Dejemos eso!

LYUBÓV ANDRÉYEVNA
Debiera usted ser un hombre, a su edad debiera comprender a quienes sienten el amor. Y usted mismo debiera sentirlo, enamorarse... *(Con enfado.)* ¡Sí, sí! Y usted no es «puro», sino que se jacta de pureza, un tipo ridículo, un engendro...

TROFÍMOV *(Horrorizado.)*
¿Pero qué está diciendo?

LYUBÓV ANDRÉYEVNA
«¡Estoy por encima del amor!» Usted no está por encima del amor, sino que está chiflado, como diría nuestro Firs. ¡No tener una querida, a la edad de usted!

TROFÍMOV *(Horrorizado.)*
¡Pero esto es horrible! ¿Pero qué es lo que dice? *(Va deprisa hacia el salón de baile con la cabeza entre las manos.)* Esto es horrible... No puedo, me voy... *(Sale, pero vuelve al momento.)* ¡Todo ha terminado entre nosotros! *(Sale al vestíbulo.)*

LYUBÓV ANDRÉYEVNA *(Va tras él, llamándole.)*
¡Pétya, espere! ¡No sea tonto, lo dije en broma! ¡Pétya! *(Del vestíbulo llega el ruido de alguien que sube corriendo la es-*

calera y que de pronto cae con estrépito. Gritan ÁNYA *y* VÁRYA, *pero en seguida se oyen risas.)* ¿Qué ha pasado?

(Entra ÁNYA *corriendo.)*

ÁNYA *(Riendo.)*
¡Que Pétya ha rodado por la escalera! *(Sale corriendo.)*

LYUBÓV ANDRÉYEVNA
¡Pero qué tipo raro es ese Pétya! *(El* JEFE DE ESTACIÓN *se planta en medio del salón de baile y empieza a recitar «El pecador» de Alekséi Tolstoy. Los otros le escuchan, pero apenas ha recitado unos cuantos versos cuando del vestíbulo llega el sonido de un vals y se interrumpe la recitación. Todos se ponen a bailar. Entran del vestíbulo* TROFÍMOV, ÁNYA, VÁRYA *y* LYUBÓV ANDRÉYEVNA.) Bueno, Pétya..., es usted buen chico..., le pido perdón... Ande, vamos a bailar. *(Baila con* PÉTYA.)

(Bailan ÁNYA *y* VÁRYA. *Entra* FIRS *y coloca su bastón junto a la puerta lateral.* YÁSHA *llega también y se pone a mirar a los que bailan.)*

YÁSHA
¿Qué hay, abuelo?

FIRS
No me siento bien. Antes, en nuestros bailes, había generales, barones y almirantes, pero ahora mandamos por el empleado de correos y el jefe de estación, e incluso ésos no vienen de buena gana. Estoy muy débil y no sé por qué. Mi viejo amo, o sea el abuelo de la señora, solía dar a todo el mundo lacre en polvo para cualquier enfermedad. Yo tomo lacre en polvo todos los días desde hace ya veinte años..., quizá más. Puede ser que por eso siga vivo todavía.

YÁSHA
¡Qué aburrido eres, abuelo! *(Bosteza.)* ¿Por qué no la diñas ya?

FIRS
¡Oye!... ¡Tú estás chiflado!... *(Murmurando.)*

(TROFÍMOV *y* LYUBÓV ANDRÉYEVNA *bailan en el salón y luego pasan a la sala.)*

LYUBÓV ANDRÉYEVNA
Gracias. Voy a sentarme... *(Se sienta.)* Estoy cansada.

(Entra ÁNYA.)

ÁNYA *(Agitada.)*
Acaba de estar un hombre en la cocina y dice que hoy ha sido vendido el huerto de los cerezos.

LYUBÓV ANDRÉYEVNA
¿Vendido? ¿A quién?

ÁNYA
No ha dicho a quién. Ya se ha ido. *(Baila con* TROFÍMOV *y pasan bailando al salón.)*

YÁSHA
Sí, había un viejo chismorreando allí. Era un forastero.

FIRS
Y Leoníd Andréyevich no ha vuelto todavía. Nada, que no ha vuelto. El abrigo que lleva es ligero, de entretiempo, y puede coger un catarro. ¡Ay, estos jóvenes!

LYUBÓV ANDRÉYEVNA
Estoy para caerme muerta. Vaya usted, Yásha, y entérese de quién lo ha comprado.

YÁSHA
¡Pero si ese viejo hace ya tiempo que se fue! *(Ríe.)*

LYUBÓV ANDRÉYEVNA *(Con una punta de irritación.)*
A ver, ¿de qué se ríe? ¿Por qué está tan contento?

YÁSHA
¡Porque Yepihódov es tan ridículo! Es un tonto. Veintidós calamidades.

LYUBÓV ANDRÉYEVNA
Firs, ¿a dónde vas a ir si se ha vendido la finca?

FIRS
A donde usted me mande, señora.

LYUBÓV ANDRÉYEVNA
¿Por qué tienes esa cara? ¿Es que estás enfermo? Debieras acostarte, ¿sabes?

FIRS
Sí... *(Sonriendo vagamente.)* Si me acuesto, ¿quién va a servir a los invitados, quién dispondrá lo que hay que hacer? Yo soy el único que queda en la casa.

YÁSHA *(A* LYUBÓV ANDRÉYEVNA.)
¡Lyubóv Andréyevna! Permítame que le pida una cosa. Si va usted otra vez a París, por favor, lléveme consigo. Para mí es absolutamente imposible quedarme aquí. *(Mira en torno suyo y agrega a media voz.)* ¿Para qué decirlo, si usted misma puede verlo? La gente no tiene educación y, encima, es inmoral. Además, la vida aquí es aburrida, y lo que le dan a uno de comer en la cocina es una porquería. Luego está este Firs, que va de un sitio para otro murmurando sandeces. Lléveme consigo, se lo ruego.

(*Entra* PÍSCHIK.)

PÍSCHIK
Permítame que le pida este valsecito, bellísima señora... (LYUBÓV ANDRÉYEVNA *se levanta para bailar.*) Es usted encantadora, pero en todo caso le voy a pedir esos ciento ochenta rublos... Sí, se los pido... (*Baila.*) Ciento ochenta rublitos... (*Pasan al salón.*)

YÁSHA (*Cantando por lo bajo.*)
«¿Comprendes por qué me tiembla el corazón?...»

(*En el salón aparece una mujer vestida de pantalones a cuadros y sombrero de copa que empieza a dar saltos y hacer aspavientos. Se oyen gritos de «¡Bravo, Sharlótta Ivánovna!».*)

DUNYÁSHA (*Parando de bailar para ponerse polvos.*)
La señora me manda que baile, porque hay muchos caballeros y pocas damas. Pero a mí el baile me marea y me da palpitaciones. Firs Nikoláyevich, el empleado de correos acaba de decirme una cosa que me ha dejado sin aliento.

(*Cesa la música.*)

FIRS
¿Qué es lo que te ha dicho?

DUNYÁSHA
Pues me ha dicho: «Es usted igual que una flor».

YÁSHA (*Bostezando.*)
¡Qué ignorancia!...

DUNYÁSHA

Igual que una flor... Como soy tan delicada, me gusta que me digan cosas bonitas.

FIRS

Pues eso te va a marear todavía más...

(Entra YEPIHÓDOV.*)*

YEPIHÓDOV

Avdótya Fyódorovna, se diría que no quiere usted mirarme..., como si yo fuera una especie de insecto... *(Suspira.)* ¡Ay, qué vida!

DUNYÁSHA

¿Qué desea usted?

YEPIHÓDOV

Quizá tenga usted razón..., no cabe duda. *(Suspira.)* Pero, claro, mirando las cosas desde cierto punto de vista, y si me permito decirlo así..., perdone usted mi franqueza..., me ha puesto usted en una situación... Yo sé cuál es mi suerte; cada día me sucede una desgracia, pero ya me he acostumbrado a ello, hasta el punto de que miro la vida con una sonrisa. Usted me dio su palabra, y aunque yo...

DUNYÁSHA

Por favor, hablemos más tarde de eso, pero ahora déjeme en paz. Ahora estoy soñando. *(Juega con su abanico.)*

YEPIHÓDOV

Cada día me sucede una desgracia, pero yo, si se me permite la expresión, sólo sonrío, hasta me causa risa.

(Entra VÁRYA *del salón.)*

VÁRYA

¿Pero todavía no te has ido, Semyón? ¡Pues sí que eres grosero! *(A* DUNYÁSHA.) Anda, vete tú, Dunyásha. *(A* YEPIHÓDOV.) Primero te pones a jugar al billar y rompes un taco, y luego vienes a pasearte aquí en la sala como si fueras un invitado.

YEPIHÓDOV

Permítame hacerle saber que no puede imponerme un castigo.

VÁRYA

No te impongo ningún castigo; sólo te llamo la atención. Todo lo que haces es ir de un sitio para otro en vez de atender a tu trabajo. Tenemos un oficinista, pero nadie sabe para qué.

YEPIHÓDOV *(Ofendido.)*

Si trabajo, o si me paseo, o si como, o si juego al billar, sólo pueden juzgar de mis acciones las personas que son mayores que yo o que tienen mejores entendederas.

VÁRYA

¿Cómo te atreves a hablarme así? *(Enfurecida.)* ¿Cómo te atreves? ¿Quieres decir que yo no entiendo nada? ¡Largo de aquí! ¡Y ahora mismo!

YEPIHÓDOV *(Acobardado.)*

Le pido que se exprese con más delicadeza.

VÁRYA *(Fuera de sí.)*

¡Largo de aquí ahora mismo! ¡Hala, fuera! *(Él va a la puerta y ella le sigue.)* ¡Veintidós calamidades! ¡No vuelvas a poner los pies aquí! ¡Quítate de delante de mis ojos! *(Sale* YEPIHÓDOV; *tras la puerta se oye su voz: «Voy a quejarme de usted».)* Conque vuelves, ¿eh? *(Coge el bastón que* FIRS *dejó junto a la puerta.)* Anda, acércate... acércate... que ya te daré yo... ¿Qué, te acercas? Pues ahora verás... *(Blande el bastón y en ese momento entra* LOPÁHIN.)

LOPÁHIN *(A quien no ha alcanzado el bastón.)*
Pues muchísimas gracias.

VÁRYA *(Enfadada y sarcástica.)*
Usted perdone.

LOPÁHIN
No hay de qué. Le he dado las gracias por la amable acogida.

VÁRYA
No tiene por qué dármelas. *(Va a un lado de la escena, se vuelve y pregunta en tono apacible.)* ¿No le he hecho daño?

LOPÁHIN
No, no es nada. No es más que un enorme chichón que me está saliendo.

(Voz en el salón: «¡Ha llegado Lopáhin! ¡Yermolái Alekséyevich!».)

PÍSCHIK
Miren, se le puede ver, se le puede oír... *(Abraza a* LOPÁHIN.) Hueles a coñac, muchacho, mi buen amigo. Aquí también nos estamos divirtiendo.

(Entra LYUBÓV ANDRÉYEVNA.)

LYUBÓV ANDRÉYEVNA
¿Es usted, Yermolái Alekséyevich? ¿Por qué ha tardado tanto? ¿Dónde está Leoníd?

LOPÁHIN
Leoníd Andréyevich ha vuelto conmigo. Ahora viene...

LYUBÓV ANDRÉYEVNA *(Agitada.)*
Bueno, ¿qué ha pasado? ¿Hubo subasta? Cuénteme.

LOPÁHIN *(Turbado y temiendo delatar la alegría que siente.)*
La subasta concluyó a las cuatro... Perdimos el tren y hemos tenido que esperar hasta las nueve y media. *(Respira profundamente.)* ¡Uf! Estoy un poco mareado...

(Entra GÁYEV; *en la mano derecha trae unos paquetes y con la izquierda se enjuga las lágrimas.)*

LYUBÓV ANDRÉYEVNA
¿Lyónya, qué ha pasado? A ver, dime, Lyónya. *(Impaciente y entre lágrimas.)* Dímelo deprisa, por amor de Dios...

GÁYEV *(Sin contestar, pero haciéndole un gesto con la mano. A* FIRS, *llorando.)*
Toma esto... Ahí hay anchoas, arenques de Kerch... Hoy no he comido nada... ¡Ay, lo que he tenido que aguantar!... *(Por la puerta que conduce a la sala de billar se oye el chocar de las bolas y la voz de* YÁSHA: *«¡Siete y dieciocho!». Cambia la expresión de* GÁYEV, *quien cesa de llorar.)* Estoy agotado. Ven, Firs, que quiero mudarme de ropa. *(Va a su cuarto cruzando el salón, seguido de* FIRS.*)*

PÍSCHIK
¿Pero qué ha pasado en la subasta? ¡A ver, cuéntalo!

LYUBÓV ANDRÉYEVNA
¿Se ha vendido el huerto de los cerezos?

LOPÁHIN

Sí.

LYUBÓV ANDRÉYEVNA

¿Quién lo ha comprado?

LOPÁHIN

Yo. *(Pausa.* LYUBÓV ANDRÉYEVNA *queda anonadada; hubiera caído de no hallarse de pie junto a una mesa y un sillón.* VÁRYA *se quita las llaves del cinturón, las tira al suelo en medio de la sala y se marcha.)* ¡Yo lo he comprado! Por favor, esperen un momento, señoras y señores, que tengo la cabeza como una olla de grillos y apenas puedo hablar... *(Ríe.)* Cuando llegamos a la subasta ya estaba allí Derigánov. Leoníd Andréyevich sólo tenía quince mil rublos, y Derigánov ofreció, para empezar, treinta mil por encima de la hipoteca. Yo, que vi cómo iban las cosas, entré en la puja y ofrecí cuarenta mil. Él, cuarenta y cinco. Yo, cincuenta y cinco. Él siguió añadiendo cinco mil cada vez y yo diez mil... Total, que aquello acabó por fin. Yo ofrecí noventa mil por encima de la hipoteca y me quedé con la finca. ¡El huerto de los cerezos es ahora mío! ¡Mío! *(Ríe a carcajadas.)* ¡Dios santo, el huerto de los cerezos es mío! Díganme que estoy borracho, que he perdido la chaveta, que todo esto es un desvarío... *(Da una patada en el suelo.)* ¡No se rían de mí! Si mi padre y mi abuelo salieran de la tumba y vieran todo lo que ha pasado..., cómo su Yermolái, tan maltratado y casi analfabeto, que andaba descalzo en el invierno..., cómo ha comprado esta finca, la más hermosa de todo el universo. He comprado la finca en que mi abuelo y mi padre fueron siervos, donde ni a la cocina les permitían pasar. Debo de estar durmiendo; esto no será más que un sueño... Esto es un engendro de la imaginación, cubierto con la bruma de la incertidumbre... *(Recoge las llaves, sonriendo con ternura.)* Ha tirado las llaves porque quería mostrar que ya no es el ama aquí. *(Hace tintinear las llaves.)* En fin, no importa. *(Se oye a la orquesta armonizar los instrumentos.)* ¡Eh, músicos, a tocar, que quiero escucharos! Venid todos a ver cómo Yermolái Lopáhin mete el hacha en el huerto de los cerezos, cómo caen a tierra los árboles. Vamos a construir todo un conjunto de chalets, y nuestros nietos y bisnietos verán aquí una nueva vida... ¡Hala, a ver esa música! *(Toca la música.* LYUBÓV ANDRÉYEVNA *se deja caer en una silla y llora amargamente.* LOPÁHIN *en tono de reproche.)* ¿Por qué no me hizo usted caso? ¿Por qué? Pobre señora mía, ya no se puede deshacer lo hecho. *(Emocionado.)* ¡Ay, si pasara esto pronto, si pudiéramos cambiar sobre la marcha esta vida anormal y desdichada!

PÍSCHIK *(A media voz, cogiéndole del brazo.)*
Está llorando. Vámonos al salón y dejémosla sola... Vamos... *(Le coge del brazo y se lo lleva al salón.)*

LOPÁHIN
¡No importa! ¡A ver esa música, que toque para que se la oiga bien! En adelante todo ha de ser como yo lo mande. *(Con ironía.)* ¡Aquí está un nuevo amo, dueño del huerto de los cerezos! *(Empuja sin querer una mesita y está a punto de derribar un candelabro.)* ¡No importa, puedo pagar por todo! *(Sale con* PÍSCHIK.)

(No queda nadie en el salón ni en la sala, salvo LYUBÓV ANDRÉYEVNA, *que, encogida en un sillón, sigue llorando amargamente. La música toca con suavidad. Entran deprisa* ÁNYA *y* TROFÍMOV. ÁNYA *se acerca a su madre y se arrodilla ante ella.* TROFÍMOV *permanece de pie a la entrada del salón.)*

ÁNYA

¡Mamá!... ¿Estás llorando, mamá? Mamá querida, mamá buena, cariño, mamá preciosa, te quiero... ¡Dios te bendiga! Se ha vendido el huerto de los cerezos, ya no existe, es verdad..., es verdad, pero no llores, mamá, tienes todavía tu vida por delante, y tienes todavía tu corazón inocente y generoso... ¡Vente conmigo, vente, cariño, vámonos de aquí!... Plantaremos otro huerto, más hermoso aún que éste. Cuando lo veas lo comprenderás todo; y tu corazón rebosará de una alegría honda y suave como el sol al atardecer. ¡Y volverás a sonreír, mamá! ¡Ven conmigo, cariño, ven conmigo!...

TELÓN

Acto cuarto

El mismo decorado del Acto I. No hay ni cortinas en las ventanas ni cuadros en las paredes; sólo quedan unos cuantos muebles amontonados en un rincón, como si estuvieran en venta. Deprimente sensación de vacío. En el fondo de la escena, junto a la puerta, maletas, bultos y otras piezas de equipaje. La puerta de la izquierda está abierta y por ella se oyen las voces de VÁRYA *y* ANYA. LOPÁHIN, *de pie, está esperando.* YÁSHA *tiene en la mano una bandeja con copas de champaña. En el vestíbulo,* YEPIHÓDOV *ata una caja grande. Fuera de la escena se oye un runrún de voces; son los campesinos que han venido a despedir a los viajeros. Se oye la voz de* GÁYEV: *«Gracias, amigos, muchas gracias.»*

YÁSHA

Los aldeanos han venido a despedirse. A mi parecer, Yermolái Alekséyevich, esta gente tiene buen corazón, pero poco entendimiento.

(Cesa el runrún. Por el vestíbulo entran LYUBÓV ANDRÉYEVNA *y* GÁYEV. *Aquélla no llora, pero está pálida y le tiembla el rostro. Parece que no puede hablar.)*

GÁYEV
Les has dado tu bolso, Lyúba. No debieras haberlo hecho, no, señora.

LYUBÓV ANDRÉYEVNA
¡Es que no he podido contenerme! ¡De veras que no he podido!

(Salen los dos.)

LOPÁHIN *(Llamándolos desde la puerta.)*
¡Por favor, tomen una copita de champaña antes de la partida! No se me ocurrió traerlo de la ciudad, y en la estación sólo pude comprar una botella. ¡Tomen, por favor, una copa! *(Pausa.)* ¿Pero es que no quieren, señoras y señores? *(Se aparta de la puerta.)* De haberlo sabido, no lo habría comprado... En fin, yo tampoco voy a beber... (YÁSHA *pone con cuidado la bandeja en una silla.)* Anda, Yásha, bebe tú al menos.

YÁSHA
¡Salud a los viajeros! ¡Y también a usted, que se queda aquí! *(Bebe.)* Éste no es auténtico champaña. Se lo aseguro.

LOPÁHIN
Pues es de ocho rublos la botella. *(Pausa.)* ¡Pero qué demonio de frío hace aquí!

YÁSHA
Hoy no se han encendido las estufas. En fin, no importa, porque nos vamos. *(Ríe.)*

LOPÁHIN
¿De qué te ríes?

YÁSHA
De gusto.

LOPÁHIN
Estamos en octubre, pero el tiempo sigue apacible y soleado, como si fuera verano. Buen tiempo para edificar. *(Mira su reloj y luego la puerta.)* Señoras y señores, no olviden que faltan cuarenta y seis minutos para que salga el tren. O sea, que debemos ir a la estación en veinte minutos. Dense prisa.

(TROFÍMOV, *de abrigo, entra de la calle.)*

TROFÍMOV
Creo que ya es hora de que nos vayamos. Los caballos están a la puerta. ¡Dios sabe dónde estarán mis chanclos! Han desaparecido. *(Llama desde la puerta.)* Ánya, mis chanclos no están aquí; no los encuentro.

LOPÁHIN
Y yo tengo que ir a Hárkov. Me voy en el mismo tren de ustedes. Pienso pasar en Hárkov todo el invierno. Ya llevo mucho tiempo holgazaneando aquí, y me revienta no tener nada que hacer. No puedo vivir sin trabajar, no sé lo que hacer de mis manos; me cuelgan del modo más raro, como si fueran las de otro.

TROFÍMOV
Pronto nos vamos y entonces volverás a tu trabajo provechoso.

LOPÁHIN
Vamos, bebe una copita.

TROFÍMOV
No, gracias.

LOPÁHIN
Conque ahora a Moscú, ¿eh?

TROFÍMOV
Los acompañaré a la ciudad y mañana me voy a Moscú.

LOPÁHIN
¡Ah, sí! Supongo que los profesores han suspendido sus clases hasta que tú llegues.

TROFÍMOV
Eso a ti no te importa.

LOPÁHIN
¿Cuánto tiempo has estado estudiando en la universidad?

TROFÍMOV
¿Por qué no vuelves la hoja? Eso es ya viejo y huele a rancio. *(Busca sus chanclos.)* Como sabes, puede que no nos volvamos a ver; conque permíteme darte un consejo al despedirnos. ¡Deja de hacer aspavientos! Trata de perder esa costumbre de hacer gestos presuntuosos. Y toda esa letanía de construir chalets, de suponer que los veraneantes se van a convertir con el tiempo en pequeños propietarios, todas esas conjeturas son también aspavientos... El caso es que, a pesar de todo, te tengo afecto. Tienes los dedos finos y delicados, como los de un artista, y un espíritu sutil y sensitivo.

LOPÁHIN *(Abrazándole.)*
Adiós, amigo. Gracias por todo. Si lo necesitas, te puedo prestar dinero para el viaje.

TROFÍMOV
¿Para qué? No lo necesito.

LOPÁHIN
¡Pero si no tienes un ochavo!

TROFÍMOV
Sí tengo. Te lo agradezco. He cobrado algo por una traducción. Mira, aquí lo tengo en el bolsillo. *(Inquieto.)* ¡Pero lo que no tengo son mis chanclos!

VÁRYA *(Desde la otra habitación.)*
¡Tome sus malditos chanclos! *(Lanza a la escena un par de chanclos de goma.)*

TROFÍMOV
¿Pero por qué está enfadada, Várya? ¡Hum, pero si éstos no son mis chanclos!

LOPÁHIN
En la primavera planté casi tres mil acres de amapolas y ahora acabo de venderlas con un beneficio neto de cuarenta mil rublos. ¡Y qué cuadro tan precioso cuando estaban en flor! Lo que quiero decir es que he ganado cuarenta mil rublos, y ahora estoy dispuesto a ofrecerte un préstamo porque puedo hacerlo. ¿A qué vienen esos remilgos? Soy un campesino... y digo las cosas como son.

TROFÍMOV
Tu padre era campesino, el mío boticario; pero eso no quiere decir nada. (LOPÁHIN *saca su cartera.)* Deja eso, déjalo... Aunque me ofrecieras dos mil rublos no los tomaría. Soy un hombre libre. Y todo lo que vosotros, ricos y pobres, apreciáis tanto me deja por completo indiferente, como una pelusa que flota en el aire. Puedo prescindir de vosotros, daros esquinazo. Soy fuerte y orgulloso. La humanidad marcha hacia una verdad superior, hacia la mayor felicidad que sea posible en la tierra. ¡Y yo voy en la vanguardia!

LOPÁHIN
¿Llegarás allá?

TROFÍMOV
Llegaré, sí. *(Pausa.)* Llegaré yo mismo o mostraré a otros el camino.

(Se oye a lo lejos el sonido de un hacha golpeando un árbol.)

LOPÁHIN
Bueno, adiós, amigo. Ya es hora de irse. Nos estamos pavoneando mutuamente y mientras tanto la vida pasa. Cuando trabajo muchas horas, sin parar, entonces me siento mejor y me parece que sé por qué existo. ¡Y oye, amigo, hay tanta gente en Rusia que existe sin saber por qué! Pero quizá eso no importe mucho. Dicen que a Leoníd Andréyevich le han colocado en un banco, con seis mil rublos al año. Sólo que no aguantará; es demasiado gandul...

ÁNYA *(En la puerta.)*
Mamá le pide a usted que no corten el huerto hasta que ella se haya ido...

TROFÍMOV
¡Pues claro que no! ¿Sería usted tan indiscreto?...

(Sale por el vestíbulo.)

LOPÁHIN
Está bien, está bien... ¡Qué gente esta!

ÁNYA
¿Han llevado a Firs al hospital?

YÁSHA
Les dije esta mañana que lo llevaran. Ya creo que lo han hecho.

ÁNYA *(A* YEPIHÓDOV, *que cruza el salón.)*
Semyón Panteléyevich, ¿quiere por favor enterarse de si han llevado a Firs al hospital?

YÁSHA *(Ofendido.)*
¡Pero si se lo dije esta mañana a Yegór! ¿Es que hay que preguntarlo diez veces?

YEPIHÓDOV
El vejestorio Firs, hablando en plata, no tiene ya compostura; debiera ir a reunirse con sus antepasados. La verdad es que yo, por mi parte, no puedo menos de envidiarle. *(Pone un baúl encima de una sombrerera y la aplasta.)* En fin, ya ven ustedes... Debiera haberlo previsto. *(Sale.)*

YÁSHA *(Sardónico.)*
Veintidós calamidades...

VÁRYA *(De detrás de la puerta.)*
¿Han llevado a Firs al hospital?

ÁNYA
Sí.

VÁRYA
¿Entonces por qué no han llevado la carta al médico?

ÁNYA
Mandaré a alguien que vaya tras ellos... *(Sale.)*

VÁRYA *(Desde la habitación vecina.)*
¿Por dónde anda Yásha? Dile que su madre está aquí y quiere despedirse de él.

YÁSHA *(Haciendo con la mano un gesto de desagrado.)*
Le hace a uno perder la paciencia.

(DUNYÁSHA, *durante la conversación anterior, finge trajinar con el equipaje; ahora que* YÁSHA *se queda solo se acerca a éste.)*

DUNYÁSHA
¡Si al menos me mirase una vez, Yásha! Se marcha usted... y me deja aquí... *(Llora y le echa los brazos al cuello.)*

YÁSHA
¿A qué viene ese lloro? *(Toma un trago de champaña.)* En seis días estaré en París. Mañana nos metemos en el expreso y... desaparecemos en un santiamén. ¡Si apenas puedo creerlo! Vive la France!... Esto no es para mí; aquí no puedo vivir... No pasa nada. Ya estoy hasta la coronilla de esta ignorancia; no puedo con ella. *(Bebe Champaña.)* ¿Por qué llora usted? Pórtese decorosamente y no tendrá motivo de llorar.

DUNYÁSHA *(Se mira en un espejito y se pone polvos.)*
Escríbame desde París. Ya sabe que le he querido..., ¡le he querido tanto! ¡Tengo un corazón sensible, Yásha!

YÁSHA
Que viene alguien. *(Hace como que se ocupa del equipaje y canta por lo bajo.)*

(Entran LYUBÓV ANDRÉYEVNA, GÁYEV, ÁNYA *y* SHARLÓTTA IVÁNOVNA.)

GÁYEV
Deberíamos irnos ya. No queda mucho tiempo. *(Mira a* YÁSHA.) ¿Quién es aquí el que huele a arenque?

LYUBÓV ANDRÉYEVNA
Dentro de diez minutos debiéramos meternos en el coche... *(Abarca la habitación con la mirada.)* ¡Adiós, casa

querida, casa vieja de mi abuelo! Pasará el invierno, volverá la primavera, y ya no estarás aquí, te habrán derribado. ¡Cuánto han visto estas paredes! *(Besa a su hija con ardor.)* Tesoro mío, estás radiante, te brillan los ojos como diamantes. ¿Estás contenta? ¿Muy contenta?

ÁNYA

Sí, muy contenta. ¡Empieza nuestra nueva vida, mamá!

GÁYEV *(Alegremente.)*

En efecto, ahora todo va bien. Antes de que se vendiera el huerto de los cerezos todos estábamos agitados, trastornados, pero cuando el asunto estuvo definitivamente resuelto todos quedamos tranquilos, incluso alegres... Ahora estoy empleado en un banco, o sea, que soy financiero... Le doy al mingo... Y tú, Lyúba, digas lo que digas, también tienes mejor aspecto. De eso no cabe duda.

LYUBÓV ANDRÉYEVNA

Sí, es verdad. Tengo los nervios mejor. *(Alguien le da el abrigo y el sombrero.)* También duermo mejor. Llévate mis cosas, Yásha, que ya es hora. *(A ÁNYA.)* Niña mía, nos veremos pronto... Voy a París y viviré allí con el dinero que mandó la abuela desde Yaroslávl para comprar la finca... ¡Dios bendiga a la abuela!... Y ese dinero no va a durar mucho.

ÁNYA

Volverás pronto, mamá..., muy pronto, ¿verdad? Yo estudiaré, aprobaré mi examen de bachillerato y luego me pondré a trabajar para ayudarte. Vamos a leer juntas toda clase de libros, ¿verdad, mamá? *(Besa las manos de su madre.)* Pasaremos las veladas del otoño leyendo, leeremos un montón de libros, y veremos abrirse ante nosotras un mundo nuevo y maravilloso... *(Ilusionada.)* Mamá, vuelve aquí...

LYUBÓV ANDRÉYEVNA
Volveré, preciosa. *(Abraza a su hija.)*

(Entra LOPÁHIN; SHARLÓTTA *canturrea para sí.)*

GÁYEV
¡Feliz Sharlótta! ¡Está cantando!

SHARLÓTTA *(Cogiendo un bulto que parece un niñito envuelto en pañales)*
Duérmete, niño mío. *(Se oye el llanto de un niño.)* Calla, mi cielo, mi nene bonito. *(Continúa el «llanto».)* ¡Me das tanta lástima! *(Tira el bulto al suelo.)* Encuéntrenme, por favor, otra colocación. Porque la necesito para vivir.

LOPÁHIN
Se la encontraremos, Sharlótta Ivánovna, no se preocupe.

GÁYEV
Todos nos abandonan. Várya se va... De pronto nadie nos necesita.

SHARLÓTTA
En la ciudad no tengo donde vivir. Tendré que irme... *(Canturrea.)* En fin, no importa...

(Entra PÍSCHIK.)

LOPÁHIN
¡Monstruo de la naturaleza!

PÍSCHIK *(Jadeante.)*
¡Ay, déjenme que recobre el aliento!... Estoy agotado... Mis respetados amigos... Denme un poco de agua...

GÁYEV
Supongo que vendrá usted a pedir dinero. Mejor será que me vaya... Con permiso... *(Sale.)*

PÍSCHIK
Hacía ya tiempo que no venía por aquí..., mi bellísima señora... *(A* LOPÁHIN.) ¡Ah, estás aquí!... Me alegro de verte..., eres hombre de grandísimo talento... Aquí tienes..., toma... *(Entrega dinero a* LOPÁHIN.) Cuatrocientos rublos..., todavía te debo ochocientos cuarenta.

LOPÁHIN *(Se encoge de hombros, maravillado.)*
Parece un sueño... ¿De dónde viene ese dinero?

PÍSCHIK
Espera un momento... Estoy agotado de calor... Ha ocurrido algo extraordinario. Vinieron a verme unos ingleses y descubrieron en mis terrenos una especie de arcilla blanca... *(A* LYUBÓV ANDRÉYEVNA.) Y aquí tengo también cuatrocientos para usted..., bella y encantadora señora... *(Le da el dinero.)* El resto se lo daré más tarde. *(Bebe agua.)* Hace un rato me contaba un joven en el tren que no sé qué gran filósofo... aconseja a la gente que se tire desde lo alto del tejado. «¡Tírate!», dice, y con eso se pone fin a todo el asunto. *(Asombrado de lo que ha dicho.)* ¡Figúrense ustedes! ¡Más agua, por favor!

LOPÁHIN
¿Quiénes eran esos ingleses?

PÍSCHIK
Les he arrendado los terrenos con la arcilla por veinticuatro años... Y ahora, con perdón de ustedes, me voy... Tengo que ir deprisa a otros sitios... Quiero ver a Znóikov, a Kardamónov... Les debo dinero a todos ellos... *(Bebe.)* ¡A la salud de ustedes! Volveré por aquí el jueves...

LYUBÓV ANDRÉYEVNA

Nosotros nos vamos ahora mismo a la ciudad y mañana salimos para el extranjero...

PÍSCHIK

¿Qué dice? *(agitado).* ¿Por qué van a la ciudad? ¡Oh, ya veo..., los muebles..., las maletas!... En fin, no importa... *(Entre lágrimas.)* No importa... Les deseo toda clase de felicidades... Que Dios les acompañe... No importa... Todo tiene fin en este mundo... *(Besa la mano a* LYUBÓV ANDRÉYEVNA.) Y cuando oiga usted decir que ha llegado mi propio fin, piense... en un caballo y diga: «Hubo una vez un hombre así..., se llamaba Simeónov-Píschik..., que Dios le tenga en su santa gloria». Está haciendo un tiempo soberbio... Sí... *(Sale sumamente aturdido, pero vuelve al momento y dice desde la puerta):* Dáshenka les manda recuerdos. *(Sale definitivamente.)*

LYUBÓV ANDRÉYEVNA

Bueno, ya podemos irnos. Yo me voy inquieta por dos motivos. Uno es Firs, que está enfermo. *(Mira el reloj.)* Aún podemos esperar unos cinco minutos...

ÁNYA

Mamá, a Firs lo han llevado ya al hospital. Yásha lo envió allí esta mañana.

LYUBÓV ANDRÉYEVNA

El otro es Várya. Está acostumbrada a levantarse temprano y trabajar, y ahora, sin tener nada que hacer, está como el pez fuera del agua. Ha adelgazado, la veo pálida y la pobre no hace más que llorar... *(Pausa.)* Ya sabe usted, Yermolái Alekséyevich, que mi ilusión era que... se casaran ustedes, y a juzgar por todas las apariencias creía que se casaría usted con ella. *(Dice algo en voz baja a* ÁNYA, *que hace un gesto a*

SHARLÓTTA *y ambas salen.)* Ella le quiere a usted, yo creo que a usted le gusta, y... no sé, no sé, por qué ustedes dos se dan esquinazo. ¡No lo comprendo!

LOPÁHIN
Yo debo confesar que tampoco lo comprendo. Todo ello es bastante extraño... Si aún hay tiempo, estoy dispuesto incluso ahora... Acabemos de una vez, sin más dilaciones. Sin usted aquí, me parece que nunca voy a declararme.

LYUBÓV ANDRÉYEVNA
¡Excelente idea! No se necesita más que un minuto; con eso basta. La llamo al momento.

LOPÁHIN
Y como a propósito para el caso, aquí tenemos champaña. *(Mira las copas.)* Pues están vacías; alguien se lo ha bebido. (YÁSHA *tose.)* O, dicho de otro modo, se lo ha pimplado...

LYUBÓV ANDRÉYEVNA *(Muy animada.)*
¡Estupendo! Salgamos... Yásha, *allez!* Yo la llamaré... *(Desde la puerta.)* ¡Várya, deja lo que estés haciendo y ven acá! ¡Hala, ven! *(Sale con* YÁSHA.)

LOPÁHIN *(Mirando su reloj.)*
Pues sí... *(Pausa.)*

(Tras la puerta se oyen risas contenidas y susurros, y por fin entra VÁRYA.)

VÁRYA *(Se pone a examinar el equipaje y al cabo de un momento dice):*
Es raro, no lo encuentro...

LOPÁHIN
¿Qué busca?

VÁRYA
Yo misma hice el equipaje y, sin embargo, no recuerdo... *(Pausa.)*

LOPÁHIN
¿A dónde irá usted ahora, Varvára Miháilovna?

VÁRYA
¿Yo? Con los Ragúlin. Les he prometido estar al cuidado de la casa; ser su ama de llaves, o algo por el estilo.

LOPÁHIN
¿No viven en Yáshnevo? Eso está a setenta verstas de aquí. *(Pausa.)* Conque así termina la vida en esta casa...

VÁRYA *(Examinando el equipaje.)*
¿Pero dónde estará eso? O quizá lo haya metido en el baúl... Sí, la vida termina en esta casa..., ya no habrá más...

LOPÁHIN
Y yo salgo pronto para Hárkov..., en el próximo tren. Tengo mucho que hacer allá. Y aquí voy a dejar a Yepihódov... Le he dado un empleo.

VÁRYA
¡Ah, sí!...

LOPÁHIN
¿Recuerda? El año pasado por estas fechas ya estaba nevando, pero ahora el tiempo está apacible y soleado. Sin embargo, hace frío... Unos tres grados bajo cero...

VÁRYA
No he mirado. *(Pausa.)*

(Se oye una voz que viene de fuera: «¡Yermolái Alekséyevich!»)

LOPÁHIN *(Como si hubiese estado esperando esa llamada.)*
¡Voy en seguida! *(Sale deprisa.)*

(VÁRYA, *sentada en el suelo, apoya la cabeza en un bulto y solloza calladamente. Se abre la puerta y entra* LYUBÓV ANDRÉYEVNA *con cautela.)*

LYUBÓV ANDRÉYEVNA
Bueno, ¿qué? *(Pausa.)* Tenemos que irnos.

VÁRYA *(Ya sin llorar, secándose los ojos.)*
Sí, mamá, ya es hora. Tengo el tiempo justo para llegar hoy a casa de los Ragúlin si no pierdo el tren...

LYUBÓV ANDRÉYEVNA *(Desde la puerta.)*
¡Ánya, ponte el abrigo! *(Entra* ÁNYA, *tras ella* GÁYEV *y* SHARLÓTTA IVÁNOVNA. GÁYEV *trae puesto un gabán de invierno con capuchón. Criados y cocheros entran en escena.* YEPIHÓDOV *trajina en torno al equipaje.)* Ya podemos ponernos en camino.

ÁNYA *(Gozosa.)*
Sí, en camino.

GÁYEV
¡Amigos míos, mis muy queridos y buenos amigos! Al abandonar esta casa para siempre, ¿cómo puedo guardar silencio, cómo puedo dejar de expresar, por vía de despedida, los sentimientos que ahora embargan mi espíritu?

ÁNYA *(Implorante.)*
¡Tío!

VÁRYA
¡Tío, por favor!

GÁYEV *(Amilanado.)*
Le pego al mingo en medio... Bueno, ya me callo.

(Entra TROFÍMOV, *seguido de* LOPÁHIN.)

TROFÍMOV
Bien, señoras y señores, ya es hora de irse.

LOPÁHIN
¡Yepihódov, mi gabán!

LYUBÓV ANDRÉYEVNA
Voy a sentarme un momento más. Es como si nunca hubiera visto antes las paredes y los techos de esta casa, y ahora los miro con ansia, con un afecto tan tierno...

GÁYEV
Recuerdo que cuando tenía seis años, el día de la Santísima Trinidad estuve sentado en esa ventana mirando a mi padre, que iba a la iglesia...

LYUBÓV ANDRÉYEVNA
¿Han sacado ya todo el equipaje?

LOPÁHIN
Parece que sí. *(A* YEPIHÓDOV, *mientras se pone el gabán.)* Cuida de que todo se haga como es debido, Yepihódov.

YEPIHÓDOV *(Con voz ronca.)*
¡Descuide, Yermolái Alekséyevich!

LOPÁHIN
¿Qué tienes en la voz?

YEPIHÓDOV
Acabo de beber un poco de agua y se me habrá atragantado.

LOPÁHIN *(Con desdén.)*
¡Qué ignorancia!

LYUBÓV ANDRÉYEVNA
Cuando nos hayamos ido no quedará aquí un alma...

LOPÁHIN
Hasta la primavera.

VÁRYA *(Saca un paraguas de un bulto;* LOPÁHIN *finge asustarse como si ella fuera a agredirle.)*
¿Pero..., pero por qué hace eso? Yo no había pensado...

TROFÍMOV
Señoras y señores, subámonos al coche... ¡que ya es hora! El tren está para llegar.

VÁRYA
Pétya, mírelos, ahí están sus chanclos, junto a la maleta. *(Entre lágrimas.)* ¡Y qué sucios y gastados están!

TROFÍMOV *(Poniéndose los chanclos.)*
¡Andando, señoras y señores!...

GÁYEV *(Muy turbado y temiendo romper a llorar.)*
El tren..., la estación... Le doy en medio y meto la blanca en la tronera...

LYUBÓV ANDRÉYEVNA
¡Hala, vamos!

LOPÁHIN
¿Están todos aquí? ¿No queda nadie ahí dentro? *(Cierra con llave la puerta de la izquierda.)* Aquí se quedan algunas cosas y lo mejor será cerrar. ¡Vámonos!

ÁNYA
¡Adiós, casa! ¡Adiós, vida vieja!

TROFÍMOV
¡Bienvenida, vida nueva!... *(Sale con* ÁNYA.*)*

(VÁRYA *pasea la vista por la habitación y no se apresura a salir. Entran* ÁNYA *y* SHARLÓTTA, *ésta con su perrito.)*

LOPÁHIN
Así pues, hasta la primavera. Salgan ustedes, señoras y señores... ¡Hasta la vista!... *(Sale.)*

(LYUBÓV ANDRÉYEVNA *y* GÁYEV *quedan solos. Como si hubieran esperado este momento se abrazan y sollozan calladamente, conteniéndose en lo posible para que no los oigan.)*

GÁYEV *(Con desesperación.)*
Hermana mía, hermana mía...

LYUBÓV ANDRÉYEVNA
¡Oh, mi huerto querido, mi huerto adorado, mi huerto precioso!... Mi vida, mi juventud, mi felicidad, ¡adiós! ¡Adiós!

(La voz alegre de ÁNYA: *«¡Mamá!...». La voz alegre y entusiasta de* TROFÍMOV: *«¡Eh!...».)*

LYUBÓV ANDRÉYEVNA
Mirar estas paredes, mirar estas ventanas por última vez... A mamá, que en paz descanse, le gustaba pasear por esta habitación...

GÁYEV
Hermana mía, hermana mía...

(La voz de ÁNYA*: «¡Mamá!...»; la voz de* TROFÍMOV*: «¡Eh!...».)*

LYUBÓV ANDRÉYEVNA
¡Ya vamos! *(Salen.)*

(La escena queda vacía. Se oye cerrar todas las puertas con llave; luego el estrépito de los coches al arrancar. Todo queda tranquilo. Rompe el silencio el ruido sordo, solitario y triste de los golpes de un hacha contra un árbol. Se oyen pasos y por la puerta de la derecha aparece FIRS*. Viste, como de costumbre, chaqueta y chaleco blanco y lleva zapatillas. Su aspecto es el de un enfermo.)*

FIRS *(Va a la puerta del centro y prueba el tirador.)*
Cerrada. Se han ido... *(Se sienta en el diván.)* Se han olvidado de mí... No importa... Me sentaré aquí un ratito... Supongo que Leoníd Andréyevich no se habrá puesto su abrigo de pieles y se ha ido con el gabán ligero... *(Suspira, preocupado.)* No me fijé... ¡Esta gente joven! *(Murmura algo ininteligible.)* Mi vida ha pasado como si nunca hubiera vivido. *(Se acuesta.)* Me acostaré un rato... Ya no te quedan fuerzas, no te queda nada, nada... ¡Ay, estás chiflado!... *(Yace inmóvil.)*

(Se oye un ruido lejano, como si viniera del cielo, un ruido como el de una cuerda que se rompe, y que se va apagando lenta y melancólicamente. A continuación, silencio, interrumpido sólo por el sonido de un hacha lejana que tala un árbol en el huerto.)

TELÓN

Índice

Anton Chéjov

Mi vida

L 5619

Relato que, al igual que «El pabellón n.º 6» (L 5591), incide o se rebela contra las tesis ético-morales mantenidas por Tolstoi, MI VIDA (Relato de un hombre de provincias) es otra de esas magistrales narraciones aparentemente intrascendentes de ANTON CHÉJOV a través de las cuales se descubren, como iluminadas de súbito por un relámpago, facetas y aristas insospechadas de la existencia y la naturaleza humanas. «A menudo me echan en cara –dice Chéjov en un fragmento que recoge Ricardo San Vicente, traductor de la obra, en su introducción– que escribo sobre fruslerías, que no tengo héroes positivos, revolucionarios [...]. He escrito mis obras para decir a la gente sólo una cosa:"Miraos bien y fijaos en la vida inútil y triste que lleváis". Lo más importante es que la gente se dé cuenta de esto. Y cuando lo entiendan seguro que construirán otra vida, una vida mejor.»

Anton Chéjov

El pabellón n.º 6 y otros relatos

L 5591

Comparable a otras cumbres narrativas salidas de la mano de ANTON CHÉJOV (1860-1904), como «La señora del perrito» (L 5509), EL PABELLÓN N.º 6 es no sólo el prodigioso relato que describe la amistad que van anudando un joven paranoico recluido en un manicomio y el director del establecimiento, quien termina siendo acusado de demente e internado en la misma sala que su paciente, sino también una fábula acerca de la situación de frustración e impotencia de los intelectuales rusos a finales del siglo XIX. Completan el volumen OTROS tres RELATOS magistrales del autor ruso: «El hombre enfundado», «La grosella» y «Del amor», además de un extenso prólogo de Maxim Gorki.

Anton Chéjov

La señora del perrito

y otros cuentos

L 5509

Maestro indiscutible del difícil género del cuento, ANTON CHÉJOV (1860-1904) extrajo la materia narrativa de la mayoría de sus relatos de la vida cotidiana de sus contemporáneos, en especial de las esperanzas y desventuras de las gentes de la clase media del gran imperio zarista, como funcionarios, médicos, pequeños propietarios o profesores. Entre los diez cuentos reunidos en este volumen, seleccionados y traducidos por Juan López-Morillas, figuran títulos tan conocidos como «El amanuense», «Casa con desván» y LA SEÑORA DEL PERRITO, relato de exquisita finura, tratado con aguda penetración psicológica, que narra la historia de un gran amor entre una joven casada y un hombre maduro.